AF762501

www.ingramcontent.com/pod-product-compliance
Lightning Source LLC
LaVergne TN
LVHW010822051026
849532LV00007B/2602

* 9 7 8 9 3 6 9 0 8 6 3 9 9 *

نایاب اردو افسانے

(حصہ:4)

مرتبہ:

فاروق ارگلی

Naayaab Urdu Afsane - Part:4 *(Short Stories Anthology)*

by: Farooq Argali

Edition: May '2025

Publisher :

Taemeer Publications LLC (Michigan, USA / Hyderabad, India)

ISBN 978-93-6908-639-9

9 789369 086399

کتاب	:	**نایاب اردو افسانے** (حصہ:4)
مرتب	:	**فاروق ارگلی**
صنف	:	فکشن
ناشر	:	تعمیر پبلی کیشنز (حیدر آباد، انڈیا)
سالِ اشاعت	:	۲۰۲۵ء
صفحات	:	۱۱۴
سرورق ڈیزائن	:	تعمیر ویب ڈیزائن

فہرست

ممتاز شیریں

انگڑائی

''آپا گلنار آپا! دیکھو مجھ فنا.....'' جاوید ننھے ننھے ہاتھوں سے میری ساری کھینچ رہا تھا۔

ارے ہٹ بھی۔ جب دیکھو آپا آپا........ دیکھ تو میری ساری کا ناس کئے دے رہا ہے۔ سفید ساری آج ہی تو پہنی تھی۔ اور یہ دھول میں اٹے ہوئے ہاتھ مٹی سے کھیل رہا تھا کیا بدتمیز!'' میں نے غصہ سے اس کے ہاتھ جھٹکتے ہوئے کہا۔ اس نے رونی صورت بنالی۔ ''نہیں تو آپا........ مجھ فنا تجھ ہمالے لوڈ پل........'' اس نے سسکتے ہوئے کہا۔ انہیں بلاؤ نا........ مجھ فنا کتنی اچھی ہیں۔ اچھ دن مجھے کیک دیا تھا اول کوکو...... کچھی اچھی کوکو....... آپا انھیں بلا دو اچھی آپا۔''

''ارے!'' میں چونک پڑی۔ ''مس فنانس یہاں!'' میں نے دریچہ کی طرف نگاہ ڈالی۔ ہاں وہ سچ مچ کچھ دور کسی عورت سے باتیں کرتی ہوئی آرہی تھیں۔ ''تو انہیں بلالوں؟'' میں نے سوچا، پھر جلدی سے کمرہ کا جائزہ لینے لگی۔ کتابیں بکھری ہوئی اور فرنیچر! ایک کرسی دیوار کی طرف منہ کئے کونے میں پڑی ہے تو ایک کمرے کے عین بیچ میں۔ گویا اپنی پالش سے بے نیازی پر نازاں بیٹھی ہو اور صوفہ! ہونہہ۔ یہ بڑا سا سوراخ اور اس میں سے میلی میلی روئی جھانکتی ہوئی...... ٹیبل کلاتھ؟ اس پر تو جاوید نے بڑے ہی خوشنما نقش بنا رکھے ہیں؟ اُف کس بدتمیز نے فرش پر کاغذ بکھیرے ہیں؟ ایسے شریر بچے بھی کسی کے ہوتے ہیں؟ اور دھول کی ایک انچ موٹی تہہ!...... یہ کریمن بھی کہاں مرگئی؟ کم بخت سے یہ بھی نہیں ہوتا کہ صبح صبح کمروں میں جھاڑو دے دیا کرے۔ ''کریمن! او کریمن ذرا جھاڑو لیتی آنا! کیا تم یہ دھول بیچنے کے لئے جمع کر کے رکھتی ہو؟''

"آئی بی بی! ابھی آئی۔ ذرا توے سے روٹی اتارلوں۔ جل جائیگی۔" بھاڑ میں جائے وہ اس کی روٹی۔ کمبخت ہر وقت چولہے میں گھسی رہتی ہے......... آخر میں کیوں اتنا جل رہی تھی۔ مجھے خود شرم آنے لگی بے چاری غریب کیا کرے ایک ہی تو تھی اور گھر کا سارا کام اس کے سر۔ ہم ایسے کوئی امیر تو نہ تھے کہ دس نوکر رکھتے۔ ایک بھی غنیمت ہے۔

میں نے جلدی سے ٹیبل کلاتھ بدل کرسیوں کو اپنی اپنی جگہ گھسیٹ کر فرش پر بکھرے ہوئے کاغذ سمیٹنے لگی۔ سمیٹتے سمیٹتے اٹھ کر کھڑکی پر نظر ڈالی تو میری سانس جیسے رُک گئی۔ اُف مس فناس کتنی نزدیک آگئی تھیں! "ذکیہ! زبیدہ!" میں حلق پھاڑ کر چلائی۔ جواب ندارد ادروازے میں جاکر دیکھا تو بس جل ہی گئی۔ دونوں آنگن میں موجود! ذکیہ جاوید کو اٹھائے کھڑی تھی تو زبیدہ گیٹ پر چڑھی ہوئی گردن بڑھا کر مس فنانس کو دیکھنے کی کوشش کررہی تھی۔

"ذکیہ! کچھ مدد بھی کروگی؟ شرم نہیں آتی تمہیں یوں باہر کھڑی ہو۔" "خفا کیوں ہوتی ہو آپا! میں ہمیشہ گیٹ میں تھوڑے ہی کھڑی ہوتی ہوں؟ یونہی آج......" پھر وہ میرے پھولے چہرے کو دیکھ کر ہنس پڑی۔" اخاہ۔ آپا! آج تو آپ کے غصے کا پارہ سو ڈگری پر چڑھا ہوا تھا۔

اہاہا۔ ابھی اتارے دیتی ہوں۔ اپنی آپا کا ٹیمپریچر۔ دیکھونا۔ ایسے مزے کی بات بتاؤں گی۔" منہ بنا کر تالی بجاتے ہوئے۔" بتادوں آپا؟........او.........اوں.........مس فنانس یہاں سے گذر رہی ہیں۔"

"یہ تو مجھے معلوم ہی ہے۔ اچھا آؤ ذرا کمرے کو صاف کرنے میں مدد دو۔ تمہیں تو بس باتیں ہی آتی ہیں۔" میں نے بے پروائی سے کہا۔"تو آپا مس فنانس کو بلاؤ گی؟" اس نے خوشی سے اچھلتے ہوئے کہا۔ زبیدہ بھی ناچ رہی تھی۔ اوہ! ابھی تک یہ بچے مس فنانس کو اتنا چاہتے ہیں!

ذکیہ پھر دروازے کی جانب تکنے لگی۔ میں بھنا گئی۔ کاغذ سارے کمرے میں پھیلے پڑے تھے۔

"ہونہہ! میں نہیں بلاؤں گی! دیکھو تو گھر کتنا صاف ہے۔" میں نے جھنجلا کر سمیٹتے ہوئے

کاغذوں کو زمین پر دے مارا۔

''کیا کہہ رہی ہو آپا؟'' ذکیہ تعجب سے میرا منہ تکنے لگی۔ میں نے اس کی طرف توجہ کئے بغیر زبیدہ کو پکارنا شروع کیا۔ ''زبیدہ! آجاؤ اندر۔''

''کیوں آپا؟'' زبیدہ نے اندر آتے ہوئے پوچھا۔ ''آجاؤ! اگر مس فنانس تمہیں دیکھ لیں تو انہیں معلوم ہو جائے گا کہ یہ ہمارا ہی گھر ہے اور وہ یقیناً مجھ سے ملنے آئیں گی۔'' میں نے جاوید کو بھی اندر گھسیٹتے ہوئے جواب دیا۔

''یہ تو اور اچھا ہوگا۔ وہ کیوں نہ آئیں آپا۔؟''

''گویا تم نے گھر کو بہت اچھی طرح سجا رکھا ہے!'''' ہم ابھی سب ٹھیک کر دیں گے۔ انہیں آنے دو آپا!'' دونوں نے نہایت اشتیاق سے التجا کی۔

''کہہ جو دیا کہ نہیں بلائیں گے۔''

''اوہ آپا! مس فنانس! اور اتنے دنوں کے بعد انہیں دیکھنا نصیب ہوا۔ آخر تمہیں کالج چھوڑے ہوئے دو تین ماہ ہو گئے ہیں نا؟ اتنے دنوں بعد اتفاقاً وہ خود ہمارے شہر میں آئیں ہمارے گھر پر سے گذریں اور تم!......... تم انہیں نہ بلاؤ۔ آپا تم مس فنانس پر'' ذکیہ سنجیدہ لہجہ میں کہتی کہتی یکایک زور سے ہنس پڑی اور شرارت آمیز نظروں سے میری طرف دیکھنے لگی۔

''ہوں! اچھا میں جان گئی.......... جب سے پرویز بھیا........''

''اری چپ! بہت باتیں بنانے لگی ہے''۔ میں نے زور سے ایک چٹکی اس کی لی۔ ''ہونہہ آپا! تم بہت بنتی ہو۔ ابھی دیکھو نا پرویز کا نام آتے ہی کیسے شرما گئیں۔'' میں یونہی شرماتی لجاتی۔ کھٹی سمٹائی سب کچھ بھول کر وہیں کھڑی رہی گویا اس نام نے مجھ پر جادو کر دیا ہو۔ کیسا حسین نام ہے۔ کتنا پیارا نام ہے، پرویز!

میں اس شیریں تصور سے چونکی تو سامنے کیا دیکھتی ہوں، دروازے کے کواڑ کھلے پڑے ہیں۔ پردہ ہوا سے اڑا جا رہا ہے اور مس فنانس ہمارے گھر کے بالکل مقابل میں کھڑی مجھے ٹکٹکی

باندھے دیکھ رہی ہیں۔ جونہی میں نے انہیں دیکھا وہ مسکرا کر ،ہمارے گھر کی طرف بڑھنے لگیں۔

''یا اللہ! اب کیا کیا جائے؟'' میں ذکیہ کو جھنجھوڑنے لگی۔ ''اب تم ہی سب کچھ دیکھ لو۔ دیکھو وہ آ رہی ہیں۔'' میں بے تحاشا وہاں سے بھاگ کھڑی ہوئی اور اپنے کمرے میں جا کر دم لیا۔ کچھ دیر کے بعد میں نے جھانک کر دیکھا مس فنانس برآمدے کے بازو والے کمرے میں کرسی پر بیٹھی تھیں اور ذکیہ ایک خوشنما برتن میں کیلے اور سنگترے لئے ان کے پاس کھڑی تھی۔ ''گلنار کو بلا دُ نا'' مس فنانس کہہ رہی تھیں۔ اچانک انہوں نے مجھے جھانکتے ہوئے دیکھ لیا۔ اور مسکرا کر آواز دی۔ گلنار، میں شرما کر دروازے کے اوٹ میں ہوگئی........میرے یوں شرمائے جانے سے وہ کیا سمجھتی ہوں گی؟ یہی نا کہ میرے جذبات ان کی طرف اب بھی ایسے ہی ہیں۔ ہونہ! انہیں کیا معلوم کہ میں اب........مگر نہیں یہ غلط فہمی ضرور ہوگی۔ میں پہلے تو ان کے سامنے یونہی شرمایا کرتی تھی۔ جب وہ کہیں سے آنکلتیں تو میں بھاگ کر کہیں جا چھپتی، وہ میری طرف دیکھتیں تو میں دونوں ہاتھوں میں منہ چھپا لیتی تو دل تو یہی چاہتا کہ وہ یونہی دیکھتی رہیں۔ عجیب لڑکی تھی، کچھ سال پہلے! رفتہ رفتہ میں اِن سے کھل کر باتیں کرنے لگی تھی۔ پھر بھی جب کبھی ان سے اچانک مڈبھیڑ ہو جاتی تو میری بدحواسی نہ پوچھیے، وہ دن بھی کیا دن تھے۔ چھٹی ہونے پر کالج کے برآمدے میں گھنٹوں ان کا انتظار کرنا میرا معمول تھا۔ ہفتہ بھر جس دن ان کا گھنٹہ نہ ہوتا۔ وہ دن کس قدر منحوس دکھائی دیتا تھا۔ ہاں میں ان پر مرتی تھی۔ انہیں دیوانگی کی حد تک چاہتی تھی، اور لڑکیاں مجھے کیسے تنگ کرتی تھیں۔'' گلنار ا جانے تم کیوں مس فنانس پر مرتی ہو۔ وہ کونسی ایسی حسین ہیں۔ بلکہ بدصورت بھی کہا جائے تو بے جا نہ ہوگا۔''

جی چاہتا ہے کہ ان چڑیلوں کے منہ نوچ لوں۔ انہیں کیا معلوم کہ وہ مجھے کیسی حسین نظر آتی تھیں۔ دوسری لڑکیاں تو کیا میں زرینہ سے بھی اس دن سے خفا ہو کر روٹھ گئی تھی۔ گو زرینہ میری سب سے پیاری سہیلی تھی۔ ہاں اسی دن میں نے کالی ساڑھی پہن رکھی تھی اور پر بھا سے سادر مانگ کر سیاہ بوٹو بھی لگایا تھا۔ میں اور زرینہ ہاسٹل میں ٹہل رہے تھے۔ اندرا بھی کہیں سے آنکلی

''آہا۔ آج تم تو بلا کی حسین نظر آرہی ہو گلنار'' ! مس فنانس کیسی''۔ میرے منہ سے بے اختیار نکل گیا تھا۔ ہونہہ ! مس فنانس !'' زرینہ نے طنز سے کہا تھا۔'' مس فنانس !'' وہ تین مرتبہ مر کر جنم لیں تو شاید تمہارا حسن انہیں نصیب نہ ہو !'' مجھے کتنا غصہ آیا تھا میں اس پر روٹھ گئی تھی۔ ''اچھا بھئی وہ تجھ سے پانچ گنا زیادہ حسین ہیں۔ خوش ہو گئی اب تو !'' وہ پھر قہقہہ لگانے لگی۔ اور اندر ابھی مسکرانے لگی۔ جی میں آیا زرینہ سے لڑ پڑوں۔ آخر وہ کون ہوئی مس فنانس کی توہین کرنے والی۔ یہاں میرا دل جل رہا ہے۔ اور وہ یوں ہی کھڑی ہنس رہی تھی ! اگر ایک بات بھی ان کے خلاف کہی جاتی تو میں زرینہ سے کیا کالج کی سب لڑکیوں سے لڑنے کے لئے تیار تھی، بھلا میں ایک ہی تھی کئی لڑکیاں میرا ساتھ دیتیں۔ اور بھی تو انہیں چاہتی تھیں، للیتا غریب لڑکی وہ تو مجھ ہی کو اُن کی محبت کا حقدار سمجھتی۔ میرے راستے میں کوئی رکاوٹ پیدا نہ کرتی بلکہ مس فنانس کو مجھ سے محبت کرتے دیکھ کر اور خوش ہوتی۔ کیسی بے لوث لڑکی تھی۔ اس کے خلاف وہ لکشمی ! حسد کی پتلی۔ کیا کیا جتن نہ کرتی تھی، کہ مس فنانس کی توجہ میری بجائے اس پر ہو، نہ جانے کہاں سے لاتی تھی ایسی خوبصورت ساڑھیاں اور انہیں کس سلیقے سے پہننے کی کوشش کرتی، جھوٹے موتیوں کے طرح طرح کے زیوارات پہنا کرتی۔ اور بعد میں تو اُس نے برقی مشین سے اپنے بالوں کو گھنگھریالے بنالیا تھا۔ ہونہہ، ان سب جتنوں سے کیا ہوتا۔ وہ حسین تو تھی نہیں۔ مس فنانس مجھ ہی کو دیکھا کرتیں۔ وہ جل مرتی، مس فنانس کے خاص سب جیکٹ پر تو وہ دنیا بھر کی کتابیں پڑھتی، مگر کہیں مجھ سے اچھا لکھ سکتی تھی ! مجھ سے زیادہ نمبر بھی کبھی لئے تھے؟ آخر کچھ بھی نہ بن پڑا، تو مجھ سے خوب جلا کرتی، اور ہمیشہ اس کوشش میں لگی رہا کرتی کہ ایسی باتیں کرے جن سے میرے دل کو ٹھیس لگے، یہ دیکھ کر کہ میں حسین سمجھی جاتی تھی وہ کیسے کڑھتی تھی۔ کہا کرتی لگی'' ہونہہ ! سُرخ و سفید رنگ کے بغیر بھی کوئی حُسین تھی، لیکن دراز قد اور دبلی پتلی، مگر اس کے چھریرے بدن میں خاک بھی حُسن نہ تھا۔ وہ ایسے دکھائی دیتی تھی گویا ایک لانبی سی لکڑی کو تراش کر صاف کر دیا گیا ہو۔ نہ وہ بدن کے دلکش نشیب و فرزانہ کوئی لچک کی دل کشی۔ مگر مسکرا کر چپ ہو رہتی، اور یہ ظاہر نہ ہونے دیتی کہ میں اس کے طعن کو

سمجھ گئی ہوں۔ کبھی وہ کسی گوری رنگت والی لڑکی کو دیکھ کر کہتی۔'' دیکھو گلنار وہ لڑکی کتنی حسین ہے۔'' اور اس کی بتائی ہوئی لڑکی اتنی بدصورت، اتنی کریہہ صورت ہوتی کہ میں بے اختیار ہنس پڑتی، نکٹی ناک، پھیلے ہوئے نتھنے، بے حد موٹے ہونٹ، بھدا جسم مگر ہاں سفید رنگت! میں ہنس کر کہتی، '' تمہاری حُسن شناسی کی داد دیتی ہوں۔'' جب ان باتوں سے کام نہ چلتا۔ تو سیدھی ذاتیات پر اُتر آتی، اور بار بار مجھے'' کالی کہتی، حالانکہ میرا رنگ اچھا خاصا گندمی تھا اور زینت وہ تو مس فنانس کے پیچھے ہی لگی رہتی تھی۔ کس سادگی سے شکایت کرتی تھی۔

'' گلنار مس فنانس تو تمہیں ہی زیادہ چاہتی ہیں۔'' اور وہ بے حد موٹی لڑکی......لڑکی بہت نہیں بلکہ عورت......وہ بھی تو انہیں کا دم بھرا کرتی تھی، اور اپنی محبت کیسی عجیب طرح سے جتایا کرتی تھی۔ مس فنانس کو بھی بے اختیار ہنسی آجاتی......اور نینی..........

'' گلنار بی بی۔''

'' کیا ہے کریمن''!

'' بیگم نے میٹھے ٹکڑے اور سموسے بنانے کے لئے کہا ہے۔ وہ جو کوئی مس صاحبہ آئی ہیں نا! بہت کام ہے بٹی، ذرا اس روٹی کے ٹکڑے کو تو کاٹ لو اچھی بٹی، عمر بھر دعا دیتی رہوں گی، میں نے کواڑ کھولے اور آہستہ آہستہ جھانک کر دیکھا کہ کہیں مس فنانس اِدھر تو نہیں دیکھ رہی ہیں! امی بھی پاس ہی بیٹھی ہوئی تھیں، وہ امی سے باتیں کرنے میں مشغول تھیں، میں جلدی سے نظر بچا کر باورچی خانے میں چلی آئی۔ چاقو کو اچھی طرح سے صاف کر کے روٹی کے ٹکڑے کاٹنے کے لئے بیٹھ گئی، کریمن نے گلا ہوا قیمہ چولہے پر رکھا اور میں نمک مرچ پیاز ڈال کر بھوننے لگی......تو یہ شاہی ٹکڑے پکائے جا رہے ہیں۔ یہ انہیں بہت مرغوب تھے نا! اور میں نے کتنی دفعہ شاہی ٹکڑے اپنے ہاتھوں سے پکا کر انہیں بھیجے تھے، ان دنوں وہ یہیں کالج میں پروفیسر تھیں۔ اور میں روتی جاتی تھی پھر میں نے رو دھو کر ابا کو مجھے بنگلور بھیجنے پر رضامند کر لیا۔ جہاں مس فنانس کام کر رہی تھیں اور ان سے جا ملی تھی۔ دیکھتے دیکھتے دو سال یونہی گزر گئے، مجھے اس کالج کا آخری امتحان

دینا تھا اور اس کے بعد مس فنانس سے دائمی جدائی! میں اس کا خیال بھی نہیں کر سکتی تھی، کاش اس کالج میں ایم اے کا کورس بھی ہوتا اور میں دو سال اور ان کے ساتھ رہ سکتی!...... پھر میں نے اس مرتبہ فیل ہونے کی ٹھان لی تھی، ایک ایسی لڑکی کے لئے جو جماعت میں اول آیا کرتی تھی۔ فیل ہونا کتنی شرم کی بات تھی، اسبات کا مجھے خیال تک نہ آتا تھا۔ پروفیسروں نے مجھ سے کتنی امیدیں باندھ رکھی تھیں۔ میں کانوکیشن، میں بہت تمغے اور انعامات حاصل کرونگی۔ سب لڑکیوں میں اوّل آنا تو میرا معمول تھا اس کے الگ تمغے ملیں گے، سوشیالوجی اور انگریزی میں تو ریاست بھر میں اوّل رہوں گی، لڑکے دیکھتے کے دیکھتے رہ جائیں گے۔ اور کالج کا نام کیسے چمکے گا۔ ان کی اُمیدوں پر پانی پھرنے کی مجھے پرواہ نہ تھی۔

آخر وہ دن آ گیا جب امتحان ختم ہو چکا تھا۔ اور میں مس فنانس سے آخری بار ملی تھی، انہیں خدا حافظ کہہ کہ جب ہاسٹل لوٹی تو سیدھی اپنے کمرے میں جا کر بستر پر جا گری اور تکیوں میں منہ چھپا کر پھوٹ پھوٹ کر رونے لگی، اتنا روئی کے آنکھیں سرخ ہو گئیں، اور تکیہ پوش بھیگ گیا۔ پھر جب زرینہ آئی تو اس نے مجھے گلے لگایا۔ اور تسلی دینی شروع کی، وہ جتنا مناتی تھی اور زیادہ میں روتی جاتی...... اس رات زرینہ کتنی دیر تک میرے پاس بیٹھی سمجھاتی رہی۔ یہاں تک کہ میری آنکھیں جو رونے کی وجہ سے بری طرح جل رہی تھیں۔ نیند کے غلبے سے بند ہونے لگیں۔ کتنی محبت کرنے والی لڑکی تھی زرینہ!........

''تو تم نے ٹکڑے کاٹ لئے بٹی؟ اِدھر لاؤ انہیں میں گھی میں بھون دوں اور اچھی بٹی ذرا ان پوریوں میں قیمہ بھر کے سموسے بنا لینا۔ بیگم نے جلدی تیار کرنے کے لئے کہا ہے۔ کیا کروں بٹی! تم دیکھتی ہو بہت بوڑھی ہو گئی ہوں، ہاتھ سے زیادہ کام نہیں بن پڑتا۔ ورنہ میں تمہیں کام کرنے کے لئے کہتی، توبہ توبہ...... اس بوڑھے منہ میں کیڑے پڑ جاتے۔ یہ نازک نازک ہات جو صرف قلم پکڑتے تھے۔ ان میں موئی نوکرانی کا کام کرتے دیکھتی! آنکھیں نہ پھوٹ جائیں!''

بوڑھی کریمن خوشامدیں کرنے لگی۔ میں بغیر جواب دیئے قیمہ بھر کر سموسے بنانے لگی۔

..........وہ خود بھی مجھے کتنا چاہتی تھیں، کئی بار انہوں نے اپنے گھر پر بلایا تھا اور کتنا اصرار کرتی تھیں کہ میں ان کے ساتھ سیر کو جایا کروں۔ اس دن ان کی آواز میں کیسی التجا تھی۔ صرف ایک بار آ جاؤ گلنار! میں تمہیں اپنی کار میں گھماؤں گی۔ فلاں فلاں گارڈن لے جاؤں گی" میں نے بصد ناز اُن کی التجا کو ٹھکرا دیا تھا......اور اپنے پرچوں میں مجھے کتنے زیادہ مارکس دے دیتی تھیں۔ اسی پچاسی فیصدی! یہ دیکھ کر لڑکیاں مجھ سے بہت جلتیں۔ کہا کرتیں آخر تم تو ان کی فیورٹ ہونا۔ ہمیں کہاں سے ملیں اتنے نمبر میرا نام اس چٹخارے سے لیتی تھیں گویا ان کے منہ میں لذیذ مٹھائی رکھی ہو۔ جب میری طرف دیکھ کر مسکراتی تھیں تو ان کا تبسم کتنا محبت آمیز ہوتا تھا۔

میرے دل میں بے اختیار خواہش پیدا ہوتی کہ انہیں مس نانس کی بجائے "انجیلنا" کہا کروں یا کم از کم ایک بار چپکے سے کہہ دوں "میری انجلینا" مگر مجھے کبھی جرأت نہ ہوئی تھی۔ ان کے سامنے کہتی نہیں تھی۔ تو کیا خطوں میں جو جی میں آیا لکھ دیتی تھی۔ میرے دل کی ملکہ۔ میری جان ملکہ، میری آسمانی اینجلنا۔ اور کیا کچھ نہیں لکھا کرتی تھی۔ عجیب رومان بھرے خط لکھا کرتی تھی۔ اور وہ کبھی خفا نہ ہوتی تھیں۔ انہوں نے بھی تو ایک دن......اس دن میں اور للیتا اِن کے ساتھ کار کی پچھلی سیٹ پر بیٹھی تھیں۔ باتوں باتوں میں للیتا نے پوچھا تھا: "مس نانس آپ گھوڑے کی سواری جانتی ہیں؟" "نہیں" انہوں نے جواب دیا۔ "مگر بہت دنوں سے سیکھنے کی خواہش ہے، اور اس کے لئے رائیڈنگ سوٹ بھی سلانے والی ہوں۔" اور پھر اچانک میری جانب مخاطب ہو کر کہا۔ "کوٹ اور پتلون گلنار" اس انداز سے کہا تھا کہ میں شرم سے پانی پانی ہو گئی تھی۔" میں تو اس سوٹ میں بالکل مرد معلوم ہوں گی نا، میں دونوں ہاتھوں میں منہ چھپائے بیٹھی رہی۔ ہاں ان میں کچھ کچھ مردانی جھلک بھی تو تھی، بہت دراز قد، چوڑا چکلا سینہ اور ایسی نظروں سے دیکھتی تھی کہ میں بے اختیار شرما جاتی۔ خواہ کتنی ہی لڑکیوں میں کھڑی ہوں۔ وہ باتیں تو اور لڑکیوں سے کر رہی ہوتیں۔ مگر نظر مجھ پر جمی ہوتیں، اور نارنجی ساڑھی میں وہ کیسی بھلی معلوم ہوتی تھیں شاید ساڑھی کے عکس کی وجہ سے چہرے کا رنگ سنہری ہو جاتا۔ اور رخساروں پر ہلکی سرخی جس میں کچھ

نیلاہٹ کی آمیزش بھی ہوتی....... اور دور سے تو چیچک کے داغ بھی دکھائی نہیں دیتے تھے............

میں نے سموسوں کی سینی کریمن کے آگے رکھ دی۔ کریمن انہیں تلنے لگی۔ اب کہیں فرصت ملی۔ ان کاموں سے۔ اتنی دیر چولہے کے پاس بیٹھنے سے بہت گرمی محسوس ہو رہی تھی۔ میں نے ٹھنڈے پانی سے منہ ہاتھ دھویا، ساڑھی کے آنچل سے انہیں خشک کرتے ہوئے پھر اس کمرے کی طرف نظر دوڑائی۔ جہاں مس فانس بیٹھی ہوئی تھیں۔ وہی ساحرانہ مسکراہٹ جو مجھ پر جادو سا کر دیتی تھیں اب میں بخوشی ان کے پاس جانے کے لئے تیار تھی۔ دفعتاً میری نظر ساڑھی پر پڑی۔ جگہ جگہ مٹی لگی ہوئی تھی۔ اور جاوید کے ہاتھوں کے نشان صاف نظر آرہے تھے۔ میں یہ ساڑھی پہن کر کیسے جاسکوں گی؟ اتنے میں زبیدہ آنکلی۔

''زبیدہ'' میں نے آواز دی، توجہ کئے بغیر وہ بھاگی جارہی تھی'' زبیدہ! ادھر تو آؤ''

''ہونہہ، نیں آؤں گی۔ مجھے فنانس کے پاس جانا ہے۔'' ''اپنی آپا کی بات مان لو، چاکلیٹ دوں گی، منی کو۔''

''کیا ہے آپا؟'' چاکلیٹ دیکھ کر اس کی آنکھیں چمک اٹھیں۔

''اچھی منی مجھے الماری میں سے ایک ساڑھی لا دو نا۔ دیکھو یہ کیسی میلی ہو رہی ہے۔ مس فنانس کے پاس یہ پہن کر کیسے جاؤں اور یہ لو الماری کی کنجیاں۔''

''ہاں آپا، جلدی جاؤ۔ مس فنانس تمہیں ہی یاد کر رہی ہیں'' ....تو وہ اب بھی مجھے چاہتی ہیں؟ ہاں شاید دو ماہ پہلے میں نے ایک لڑکی کے ذریعہ ایک خط بھیجا تھا۔ اس نے مجھے کہا تھا کہ وہ خط پا کر خوش ہو گئی تھیں........ اور اس دن بھی تو وہ خوشی سے دیوانی ہوئی جارہی تھیں نا جب میں اطلاع دئے بغیر اچانک اس کالج میں آئی تھی۔ جہاں وہ اب کام کر رہی تھیں۔ میں ایک ایسی جگہ چھپ گئی تھی، جہاں سے انہیں میں دیکھ سکتی تھی۔ مگر وہ مجھے نہ دیکھ سکتی تھیں۔ اور ایک لڑکی کو ان کے پاس بھیجا تھا کہ انہیں اطلاع کر دے میں اس کالج میں داخلے کے لئے آئی ہوں انہوں نے فرطِ

مسرت سے کئی بار میرا نام دہرایا تھا۔ گلنار گلنار یہاں سچ کہو! لڑکی نے انہیں یقین دلایا۔ وہ کہاں ہیں بتاؤ نا؟'' لڑکی انہیں بتا رہی تھی، میں کس جگہ ہوں مگر وہ دیکھے بغیر، گلنار! گلنا! تم کہاں ہو! کہتی ہوئی ہر طرف گھوم رہی تھیں۔ انہیں یوں بے تاب دیکھنے میں بڑا مزا آیا تھا.........

''لو اللہ اللہ کر کے سب چیزیں تیار ہو گئیں، اب میں اس بوڑھے جسم کو آرام تو دے دوں۔''

کم بخت بوڑھی۔ جب دیکھو بڑبڑاتی رہتی ہے۔ میں جھلا کر رہ گئی۔

''خدا بھلا کرے۔ گلنار بی بی کا مجھ بوڑھی کی کتنی مدد کرتی ہے۔'' کریمن با ورچی خانے میں ٹاٹ بچھا کر وہیں لیٹ گئی، اہا بیٹی تم یہیں ہو۔ ابھی ابھی یاد کر رہی تھی۔ دیکھا بہت نہیں کہتی۔ کتنی ہی جگہ کام کیا پر نانا ایسی بچی کہیں نہیں دیکھی، ذرا سے لونڈے تک مجھے ڈانٹ دیتے تھے، میری بی بی نے تو اب تک سخت لفظ بھی نہ کہا۔ اب تو میرے کام کرنے کے دن گئے۔ اسی لئے تو تمہارے ہاں بھی کام چھوڑ دیا تھا، سچ کہتی ہوں بیٹی صرف تمہاری شادی کی خبر سن کر آئی ہوں، تمہیں ان آنکھوں سے دلہن بنی دیکھوں۔ بہت دنوں سے یہی ارمان ہے خدا کرے، بہت اچھا دولہا نصیب ہو۔''

بھلا پرویز سے اچھا دولہا اور بھی کوئی ہوگا؟ ایک ہلکی سی مسکراہٹ میرے لبوں تک آ گئی میں نے جلدی سے منہ پھیر لیا کہ کہیں کریمن دیکھ نہ لے۔

پھر جیسے دماغ خیالات سے یک لخت خالی ہو گیا ہو۔ اُن کی جگہ پرویز پرویز پرویز........

اور میں ایک حسین دنیا میں جا پہنچی۔ جذبات کی ایک رنگین دنیا۔ ہاں نہایت حسین، کالج اور مس فناس والی دُنیا سے کہیں زیادہ حسین!!

کبھی میں یہ سوچا کرتی تھی کہ میری شادی ہو جائے تو اپنے شوہر سے محبت بھی کر سکوں گی۔ ایک دفعہ زرینہ نے جو پامسٹری جانتی تھی۔ میرا ہاتھ دیکھ کر کہا تھا۔'' تمہارے شوہر کو تم سے محبت بیحد ہوگی'' لو مجھے اپنے اس ہونیوالے شوہر پر کتنا رحم آیا تھا کہ میں اس کی محبت کا جواب نہ دے سکوں گی اور اب؟......اب تو میں اپنے پرویز کو دیوانہ دار چاہوں گی۔

'' آپا ساڑھی لے لو''۔ میں نے زبیدہ سے ساڑھی لے کر میز پر رکھ دی۔ اور بال بنانے

لگی۔ آخر میں مس فنانس کو کیسے بھلا سکتی! وہ بھی تو مجھے بیحد چاہتی تھیں، ہونہہ! چاہتی ہوں گی۔ کبھی انہوں نے اس کا زبان سے اظہار بھی کیا تھا؟ میں ساتھ ہوتی تو ڈر کے مارے مری جاتی تھیں۔
''گلنار۔ لڑکیاں کیا کہتی ہوں گے۔ گلنار اگر پرنسپل دیکھ لیں تو؟''

لڑکیاں دیکھیں تو دیکھیں۔ ہم نے کوئی جرم کیا تھا کہ یوں ہی ڈریں۔ اف رے بزدلی۔ اور جب ہمارے مضامین کی کاپیاں تصحیح کر کے کلاس میں لاتی تھیں، تو میرے لکھے ہوئے نظریوں اور نکتوں کی تو بہت تعریف کرتیں۔ مگر کبھی لڑکیوں کو بتایا بھی تھا کہ یہ میرے پیش کیے ہوئے نکتے ہیں۔ جوابات کے پرچے واپس کرتے ہوئے کبھی بھولے سے میرا نام لیا تھا.........

مگر وہ مجھ ہی کو سب سے زیادہ نمبر دیتی تھیں.......ہونہہ! یہ بھی کوئی بات ہوئی؟ میں تو ہر پرچہ میں اوّل آتی تھی، لیکن کوئی استانی اتنے نمبر نہیں دیتی تھی، لیکن مس فنانس تو اسی پچاسی نمبر دے دیتی تھیں۔ ہونہہ! صرف زیادہ نمبر دے دیئے تو کیا ہوا، مجھے کتنی خوشی ہوتی۔ اگر وہ کلاس میں لڑکیوں کے سامنے میری تعریف کرتیں۔ اور کہتیں۔ دیکھو گلنار نے کتنے نمبر لئے ہیں۔ فلاں نمبر نے اتنے مارکس لئے، فلاں نمبر نے یہ کیا ہے۔ وہ کیا ہے، وہ کیا ہے فلاں نمبر فلاں نمبر، میں تو بس'' فلاں نمبر'' ہی ہو کر رہ گئی تھی، اور وہ مس تھیں۔ آکسفورڈ کی ایم اے وہ تو آدھ گھنٹے تک میرے مضمون کی تعریف کرتی تھیں۔ گو ان کے جانچنے کا معیار بہت ہی اعلیٰ تھا، اور مسز سوشیل! سربنی نے کہا تھا کہ وہ میرا پرچہ لئے بھاگی بھاگی پھر رہی تھیں۔'' ماشاءاللہ گلنار نے تو اس دفعہ کمال ہی کر دیا۔ کتنے اچھے جواب ہیں۔ میں نے تو اس پرچہ کو کئی مرتبہ پڑھا۔ وہ دوسری ٹیچر اور لڑکیوں کے سامنے ہمیشہ میری تعریف کرتی رہتی تھیں۔ اور مس کملا بائی بھی، لیڈی ٹیچرز تو کیا مرد پروفیسر بھی میری ذہانت اور قابلیت کی داد دیتے تھے، فقط تھیں، تو مس فنانس جو تعریف میں ایک لفظ بھی کہنا شاید اپنی شان کے خلاف سمجھتی تھیں ہونہہ!

اور میرا دل کیسے چاہتا تھا کہ وہ میرے حُسن کی تعریف کریں ہمیشہ نہ سہی کبھی کبھی بے تابی سے کہہ دیں۔ گلنار تم کتنی حسین ہو! کم از کم ایک دفعہ بے اختیار ان کے منہ سے نکل جائے۔ آج تو

تم بہت خوبصورت لگ رہی ہو، گلنار، یا یہی سہی، یہ ساڑھی تو تمہیں بہت بجتی ہے۔

میں اس کے لئے کتنے جتن کرتی تھی۔ جس دن ان کا گھنٹہ ہوتا۔ وہ ہی ساڑھیاں پہنتی۔ جو مجھے بھاتی تھیں، بالوں کو خاص توجہ سے سنوارتی، کبھی کبھی بوٹو لگاتی، اچھی اچھی خوش رنگ ساڑھیاں پہنتی۔ اور مجھے اپنی کلائیوں اور انگلیوں پر بہت ہی ناز تھا...... میں اپنے ہاتھ میز پر اس انداز سے ٹیکے رہتی کہ چوڑیاں جم کر کلائیوں پر آپڑیں۔ اور مس فنانس کی سیٹ سے انگلیوں کی خوبصورتی کا اچھی طرح جائزہ لیا جاسکے...... مگر یہ تو ظاہر تھا کہ وہ مجھے حسین سمجھتی تھیں۔ ورنہ یوں نہ تکتی رہتیں۔ اور جب کبھی محسوس ہوتا کہ آج خصوصیت سے اچھی نظر آرہی ہوں۔ ایسے موقعوں پر تو وہ مجھے بہت ہی توجہ سے دیکھ رہی ہوتیں۔ ان کی نگاہ مجھ پر سے ہٹتی ہی نہ تھیں........ اچھائیوں ہی سہی، لیکن کیا میں پتھر کا ایک مجسمہ تھی، یا نقاش کی بنائی ہوئی تصویر تھی کہ یوں خاموش داد ملتی۔ آخر میں ایک انسان تھی۔ ایک سترہ سالہ نوخیز لڑکی رومانی اور جذباتی، کبھی تعریف کردیتیں تو ان کا خزانہ کھو جاتا، مانا کہ وہ پروفیسر تھیں، مسز سوشیل بھی تو پروفیسر ہی تھیں کیا وہ میری صورت کی تعریف نہ کرتی تھیں۔ اس دن جناب مجھے ایک شیلو میں حصہ لینا تھا جس میں یہ بتایا جانے والا تھا کہ ملکہ نورجہاں رقص اور موسیقی سے لطف اندوز ہورہی ہے۔ مسز سوشیل میرا میک اپ کرتی ہوئی کیسے سراہتی جاتی تھیں، گلنار، نورجہاں کی تمثیل کے لئے تمہی موزوں ہو۔ ''تم کیسی اچھی انگریزی لکھتی ہو، مسٹر سوشیل بھی تمہارے ہی گن گاتے رہتے ہیں۔ وہ بھی تمہارے ٹیچر رہ چکے ہیں نا؟ لپ اسٹک روز لگا چکنے کے بعد انہوں نے نے کہا'' اب آنکھیں اُوپر اُٹھاؤ، ان کا میک اَپ بھی کردوں۔'' اور میں نے اپنی آنکھیں اُوپر اٹھائیں تو اللہ کتنی خوبصورت آنکھیں!!............ اور کس شدت سے میرے دل میں یہ خواہش پیدا ہوئی تھی کہ کاش مسز سوشیل کی بجائے مس فنانس ہوتیں۔ آخر مین مس فنانس ہی کو کیوں چاہتی تھی۔ مس فنانس میں کون سے سرخاب کے پَر لگے ہوئے تھے؟......... اور زرینہ بھی تو میری آنکھوں کی تعریف کرتے نہیں تھکتی تھی، اور للیتا۔ وہ تو اشعار لکھا کرتی تھی میری آنکھوں پر!! زینی بھی کہا کرتی تھی نا۔'' گلنار۔ تم چشمہ نہ پہنا کرو۔ یہ

تمہاری حسین آنکھوں کو چھپا دیتا ہے۔'' سبھی تعریف کرتی تھیں اس لئے تو میں اس کا خاص خیال رکھتی تھی کہ مس فنانس میری آنکھوں کو دیکھیں اور ان کی کلاس میں چشمہ بھی تو اتار کر رکھ دیتی تھی۔ گو مجھے بورڈ پر لکھی ہوئی تحریر پڑھنے میں بہت دقت ہوتی، ہونہہ اس بے حس پر کچھ اثر بھی ہوتا تھا؟ مگر پرویز، پرویز کی حسن شناس نگاہیں پہلی ہی نظر میں میری آنکھوں کا حسن دیکھ لیں گی، وہ بے اختیار کہہ اُٹھیں گے تمہاری آنکھیں، غزالی آنکھیں، کتنی سیاہ کیسی مدھ بھری!!.........کالج ڈے میں، میں نے صرف اس لئے ڈرامہ میں پارٹ ادا کیا تھا کہ مس فنانس دیکھیں۔ برنارڈ شا کے ڈرامے ''سینٹ جون.........(SAINT JOAN) کا انتخاب ہوا تھا، اور میں جون بنی تھی۔ مجھے کس طرح سے سنوارا گیا تھا۔ میں خود آئینہ میں اپنی صورت دیکھ کر ٹھٹک کر رہ گئی تھی، پھر مجھے ہنسی بھی آگئی، جون ایک دیہاتی لڑکی۔ پھر ایک قیدی جو کورٹ میں لائی جا رہی تھی۔ کیا اس وقت وہ بنی سنوری ہوگی لیکن یہاں کی فلموں اور اسٹیجوں پر تو صرف یہی خیال رکھا جاتا ہے کہ جو لڑکی ہیروئن کا پارٹ ادا کرے وہ خوبصورت ہو، اور اسے اچھی طرح سے سنوارا جائے۔ لیکن یہ تو مسز سوشیل اور مس جونس کی غلطی نہ تھی۔ انہوں نے میرا ٹھیک ہی میک اَپ کیا تھا۔ مس جونس نے اپنا خاکی رنگ کا رائڈنگ سوٹ مجھے پہنایا تھا۔ خاکی کوٹ اور خاکی پتلون اور میرے لانبے بال پنوں میں لپیٹ کے شانوں پر ڈال دیئے گئے تھے۔ بالوں میں کنگھی تک نہ کی تھی۔ بال پیشانی اور رخساروں پر نہایت بے ترتیبی سے بکھیر دیئے گئے تھے، غلطی تو دیدی ہی کی تھی جس نے ڈیوک آف آرک کا پارٹ ادا کیا تھا۔ وہ اپنے لبوں پر لپ اِسٹک لگا رہی تھی۔ ڈرامے کا وقت ہو گیا تھا۔ مجھے جاتی دیکھ کر اس نے ہاتھ پکڑ کر مجھے کھینچ لیا۔ ''ہائے گلنار، یہ کیا؟ تم تو ہیروئن ہو۔ روز نہ لپ اسٹک! اس نے جلدی سے میرے ہونٹوں پر لپ اسٹک لگا دیا؛ اور گالوں پر روز مل دیا۔ اور جاتے ہوئے میں نے آئینہ پر نظر ڈالی تو خود ہی ٹھٹک گئی، بے ترتیبی سے بکھرے ہوئے بال تو اور بھی اچھے لگ رہے تھے۔ مجھے یقین تھا کہ مس فنانس آج میری تعریف ضرور کریں گی، بلکہ تعریف کرنے پر مجبور ہو جائیں گی۔ ڈرامے کے اختتام پر مس سوشیل، مس جونس، مسز ڈیانیل دوڑی ہوئی اسٹیج پر چڑھ

آئیں اور پردے کے پیچھے آکر بڑی گرم جوشی سے میرا ہاتھ دباتے ہوئے مجھے مبارک باد دی کہ میں نے جون کے سے مشکل پارٹ کو بہت اچھی طرح نبھایا تھا۔ سب میری اداکاری پر عش عش کر رہے تھے۔ یہ سب کچھ اور مس فنانس! انہوں نے حاضرین میں شامل ہو کر ڈرامہ دیکھا نہیں۔ پردے کے پیچھے کھڑے ہو کر اداکار لڑکیوں کو ہدایات دیتی رہیں۔ میں نے کتنی التجا کے ساتھ کہا تھا کہ آپ حاضرین میں بیٹھ کر ڈرامہ دیکھیں۔ ان کے دونوں شانے پکڑ کی نہایت ملتجی نگاہوں سے انہیں دیکھا تھا۔ میری یہ ملتجی نگاہیں تو پتھر سے دل کو پگھلا دیتیں، لیکن وہ تو شاید پتھر سے بھی زیادہ بے حس تھیں۔ "گلنار کیا کروں میں نے اپنے ذمہ یہ کام لیا ہے تو مجھے کرنا ہی ہوگا۔" واہ رے تمہارا کام تاہم انہوں نے پردے کے پیچھے سے تو دیکھا تھا۔

اس رات مجھے ہاسٹل لوٹنے میں بہت دیر ہو گئی تھی، گو ہاسٹل کالج ہی کے کمپاؤنڈ کے اندر تھا۔ لڑکیاں قدم قدم پر مجھے گھیرے لیتی تھیں۔ "گلنار تو نے تو کمال ہی کر دیا ہے۔' تمہاری اداکاری کے کیا کہنے۔ تم اسٹیج پر کتنی حسین نظر آ رہی تھیں گلنار۔" ان سب سے پیچھا چھڑا کر تھکی ہاری ہاسٹل لوٹی۔ زرینہ باہر کھڑی میرا انتظار کر رہی تھی۔ وہ دوڑ کر مجھ سے لپٹ گئی۔ میری اچھی گلنار تم بال کٹوا کر یونہی میک اَپ کیا کرو نا۔ آج تو پری معلوم ہو رہی ہو۔ لیکن بھئی جون کے لئے ہمارا میک اَپ ٹھیک نہ تھا۔ انکیوزیٹر (INQUSITOR) کہہ رہا تھا (Joan You Look very pale today) اور تمہارے گالوں سے شفق پھوٹ رہی تھی۔ ہم دونوں ہنسنے لگے اور ہاتھ میں ہاتھ ڈالے ہم دوڑتے ہوئے ڈائننگ ہال پہنچے۔ سب لڑکیاں کھانے پر بیٹھ چکی تھیں۔ میرے جاتے ہی سبوں نے تعریف کی بوچھار کر دی، اور اس رات میں کیسی خوش خوش بستر پر جا لیٹی۔ نیند ہی نہ آتی تھی، ہونہہ! ان سب تعریفوں کی مجھے کیا پروا۔ کل میں اپنی مس فنانس اپنی انجلینا سے ملوں گی تو وہ یہ کہیں گی۔ یوں تعریف کریں گی .... دوسری صبح ان امنگوں اور امیدوں کو لئے ہوئے گئی تو اپنی انجلینا کے پاس کیا رکھا تھا؟ ایک جذبات سے عاری چہرہ اور پھیکی بے مزہ باتیں ....زرینہ سچ کہتی تھی، "گلنار تو اتنی رومانوی لڑکی اور مس فننس کی سی بے حس اور سرد مہر

کہیں تمہارا جوڑ ہے۔ تم تو آگ ہو اور وہ برف......... ہاں وہ جذبات سے بالکل عاری تھیں بے حس اور سردہ دل، پتھر کا مجسمہ، برف کا تودہ۔ بھلا پرویز سے ان کی کیا مناسبت، میرے پرویز کی رگ رگ میں زندگی ہے، بجلی ہے تصویر ہی میں وہ کتنے رومانٹک معلوم ہوتے تھے، اور میں نے اس دن چوری سے جھانک کر انہیں دیکھ بھی لیا تھا نا، جب آپا نے انہیں سلامی دینے (نذرانہ پیش کرنے کے لئے) کھانے پر مدعو کیا تھا۔ اس دن بھی زرینہ آئی ہوئی تھی اور جبین بھی ''دولہا بھائی بھی آگئے'' زبیدہ کی آواز آئی۔ اور میرا دل کیسے دھڑکنے لگا۔ زرینہ اور جبین بھاگ کر کھڑکی میں جا کھڑی ہوئیں، زرینہ مجھے بھی گھسیٹنے لگی۔ ''اٹھو گلنار تم بھی اپنے دولہا کو دیکھ لو نا۔'' میں پہلے تو جھجکی، گو میرا جی بے اختیار چاہا تھا کہ انہیں ایک نظر دیکھ لوں۔ ''امّی کیا کہیں گی؟'' اری امی کی بچی اُٹھ، ایسا زرین موقعہ کھودے گی زرینہ نے آخر مجھے کھینچ لیا۔ وہ ابّا کے سامنے کیسے شرمائے کھڑے تھے، پھر جب وہ ہال میں آئے تو ہم نے دروازے کو سوراخوں سے جھانکنے کی کوشش کی۔ کم بخت سوراخ کتنے چھوٹے تھے، آخر ہمیں ایک ترکیب سوجھ گئی جبین نے ہمارے کمرے کی روشنی گل کر دی تا کہ باہر والے ہمیں دیکھ نہ سکیں اور زرینہ نے آہستہ سے چٹخنی کھول کر ایک کواڑ کو ذرا سا کھول دیا۔ پھر کیا تھا جبین اور زرینہ دونوں ٹوٹ پڑیں۔ مگر نہ جانے کیوں میں پیچھے ہٹنے لگی ....

''بڑا خوبصورت نوجوان ہے'' گل زرینہ نے فرطِ مسرّت سے مجھے گلے لگا لیا، میں نے شرما کر آنکھیں جھکا لیں۔ ''میری گل ایسا اچھا جوڑ ہے، تیرا اور اس کا'' وہ میری تھوڑی پکڑ کر چہرہ اوپر اُٹھاتے ہوئے بولی! اس کی آنکھوں سے کیسی محبت ٹپک رہی تھی۔ وہ پھر جھانکنے لگی۔ ''فارم بھی بہت اچھا ہے، اور آنکھیں کیسی حسین ہیں۔ اِدھر آتو گل، بڑی آئی کہیں کی۔ امی سے ڈرنے والی۔'' زرینہ مجھے پھر گھسیٹنے لگی۔ ''دیکھا تو نے اپنے پرویز کی آنکھوں کو، بخدا تیری آنکھوں کا جواب ہیں وہ تو'' .... ہاں میں نے دیکھا سب کچھ دیکھا۔ اس خوبصورت چہرہ کو، ان تبسم آمیز ہونٹوں کو ان حسین آنکھوں کو جن میں شوخی اور بے تابی کوٹ کوٹ کر بھری ہوئی تھی......... اری بڑا

رومانٹک معلوم ہوتا ہے۔گل۔تجھ پر دیوانہ نہ ہو جائے،تو میرا ذمہ۔ابھی سے کہہ دیتی ہوں۔گل، وہ تجھے آنکھوں میں بٹھائے گا۔گلے کا ہار بنائے گا۔'' اور میں دفورِ جذبات سے پھنکی جا رہی تھی۔ اس کے بازوؤں میں گر پڑی.........دیوانی مس فانس پر مری جاتی تھی آخر تو نے کیا اُمیدیں باندھ رکھی تھیں، اس پتھر سی بے حس عورت سے مسرت ہو یا رنج۔غصہ ہو یا بے تابی وہی پھیکا چہرہ، وہی بے نور آنکھیں۔پرویز کو دیکھ کتنا اکسپریشن ہے اس کے چہرے پر۔گویا جذبات کی شعاعیں پھوٹ رہی ہیں۔''.........ہاں وہ اس وقت مجسم اضطراب نظر آرہے تھے۔ان کی آنکھیں کس بے تابی سے اِدھر اُدھر گھوم رہی تھیں کیوں؟ شاید اس لئے کہ کہیں میں نظر آجاؤں؟

جی بے اختیار چاہ رہا تھا کہ دروازے توڑ دوں۔سب کی موجودگی کو فراموش کرتے ہوئے ان کے سامنے جاکر کھڑی ہو جاؤں.........کاش میں کسی پردہ کی آڑ ہی میں کھڑی ہوتی.......... ایک لمحہ کے لئے پردہ کھسک جاتا، اور میں ان کی طرف شوخ نظروں سے دیکھ کر مسکرا دیتی۔پھر جلدی سے نظریں جھکا کر شرما جاتی اور انہیں دم بخود کر دیتی۔ہاں وہ ضرور دم بخود ہو جاتے۔میں اس نیلی جارجٹ کی نقرئی بارڈر والی ساڑھی میں بہت دل کش نظر آرہی تھی نا.........ہونہہ! میں یہ والی ساڑھی پہن کر کیوں جاؤں۔میں جارجٹ کی ساڑھی پہنوں گی۔جو میرے پرویز کی لائی ہوئی ہے۔میں نے ساڑھی کھینچ کر پھینک دی جو ابھی پہنی تھی، اور ذکیہ کو آواز دی، ذکیہ ایک برتن میں سموسے لئے جا رہی تھی، ذکیہ ذرا میری نیلی ساڑھی لے آنا۔وہی جارجٹ کی۔''اچھا لے آؤں گی۔مگر تم جلدی آنا۔''

میں نے بے پروائی سے اس کمرے کی طرف نگاہ کی، مس فانس ہاتھ پر تھوڑی رکھے اوپر دیکھ رہی تھیں، جذبات سے خالی بے نور آنکھیں بے حد پتلے پھیکے رنگ کے ہونٹ، زرد چہرہ جس پر چیچک کے داغ ہی داغ تھے۔مجھے ایسا دکھائی دینے لگا کہ وہ داغ بڑھ رہے ہیں، گہرے ہو رہے ہیں اور پھیلتے جا رہے ہیں۔ان کی صورت کیسی کریہہ ہوتی جا رہی ہے۔جلدی سے اندر کھسک گئی، اور سر کو زور کا جھٹکا دیا کہ دماغ پر کھینچی ہوئی تصویر مٹ جائے۔اس کی جگہ دماغ کے پردے پر ایک

اور تصویر اُبھرنے لگی، پرویز کی، وہ خوبصورت نیلی آنکھیں، بڑی بڑی بادامی، نشیلی، لانبی خمیدہ، پلکیں، کشادہ حسین پیشانی اور ہونٹ کتنی حسین تراش تھی ان ہونٹوں کی، رسیلے بھرے ہوئے اور کناروں پر وہ ہلکا سا خم، گویا وہ مسکرانے کے لئے ہی بنائے گئے ہوں۔ وہ سانولا سانولا رنگ، شیام سندر، ہاں میرے شیام اور میں _____ میں نے میز پر رکھی ہوئی تصویر اُٹھالی، پرویز کی اور فرط بے تابی سے اسے چوم لیا۔ "یہی ساڑھی ہے نا" میں نے گھبرا کر تصویر رکھ دی۔ ذکیہ ساڑی لئے کھڑی تھی۔ "ہاں یہی۔" "آپا جلدی سے آ ؤنا۔ سموسے ٹھنڈے ہورہے ہیں، اور یہاں ساڑھیوں پر ساڑھیاں دی جارہی ہیں۔ اِدھر یہ بے پروائی۔ اُدھر دیکھو تو بے چاری مس فنانس نے گلنار گلنار کی رٹ لگا رکھی ہے۔"

اچھا ابھی آئی۔ میں نے پھر تصویر اُٹھالی۔ اور سب کچھ بھول کر تصویر میں کھو گئی۔ کیسا ہنس مکھ چہرہ۔ آہا یہ ہونٹ، نظر بار بار ان ہونٹوں پر ہی جا کر جمتی تھی، یہ ہونٹ اور ......اُف کیا خیال آیا کہ میں مارے شرم کے عرق ہوگئی۔ میں نے تصویر رکھدی۔ اور ساڑھی پہننے لگی۔ اور ان کی شخصیت میں کتنی دل کشی تھی، اُف کس بلا کا سجیلا پن۔ دراز قد، چوڑا سینہ۔ لانبے مضبوط بازو، ان بازوؤں میں.....اُف پھر کیسے خیال آرہے تھے، جیسے رگ رگ میں بجلیاں کوندرہی تھیں۔ دل کی دھڑکن تیز ہورہی تھی، اور خون جیسے اُبلا جارہا تھا، نس نس میں گرمی آگ۔ اُف یہ جذبات کا ہجوم، یہ طوفان میں بستر پر جا کر گری۔ اور تکیوں میں منہ چھپالیا۔ یہ ہیجان۔ کیسی لذت تھی اس میں!

"گلنار آخر تمہیں کیا ہوگیا ہے"۔ میں نے چونک کر دیکھا۔ امی کھڑی تھیں۔ ان کا چہرہ غصہ سے تمتمارہا تھا یہ مس فنانس کب سے تمہارا انتظار کررہی ہیں تمہیں کچھ بھی پاس ہے۔ بڑوں کا۔ اور وہ تمہاری اُستانی ہیں۔" امی بڑبڑاتی ہوئی چلی گئیں۔

"تمہارا انتظار کررہی ہیں۔" "تمہیں کو یاد کررہی ہیں۔" تمہارے نام کی رٹ لگا رکھی ہے۔" اچھا بھئی جاؤں گی.......... ہاں کیوں نہیں؟ ضرور جاؤں گی۔ یہ ساڑھی پہن کر جو پرویز نے لا کر دی ہے۔ اور ہاں وہ انگوٹھی پہنوں گی۔ جو پرویز سے میرے منسوب ہونے کی نشانی ہے

میں نے ایک چھوٹی سی مخمل کی ڈبیا نکالی۔ کیسی خوبصورت انگوٹھی تھی۔ میری انگیج منٹ رنگ ـPـ پرویز کے نام پہلا حرف کیسی خوبصورتی سے تراشا گیا تھا۔ ہیروں کی چمک آنکھوں کو خیرہ کئے دے رہی تھی۔ اوران سفید نگینوں میں ایک سبز رنگ جگمگا رہا تھا۔ میں نے فخر سے دیکھا۔ اور انگوٹھی پہن لی، ہاں اسی طرح جاؤں گی، اور انہیں بتادوں گی کہ مجھے اپنی شادی کی کس قدر خوشی ہے۔ وہ اپنے دل میں خیال کر رہی ہونگی کہ میں ان سے شرمندہ ہوں۔ منہ بسورے ہوئے بڑی ہی مغموم صورت بنائے اِن کے پاس آؤنگی۔ درد بھرے لہجہ میں اپنی مصیبت بیان کروں گی کہ میرے دل پر کیا بیت رہی ہے اور شاید رونے بھی لگوں۔ ہونہہ! میں انہیں کیسے حیران کردوں گی۔ ساڑھی پر نظر پڑتے ہی کہہ اُٹھیں گی نا۔ ''کیسی خوبصورت ساڑھی ہے۔'' اور میں بڑے فخر سے کہوں گی یہ پرویز لائے ہیں۔ پرویز ہی کی باتیں کروں گی۔ خوشی سے جھومتی ہوئی انہیں بتاؤں گی۔ کہ پرویز کس قدر حسین ہیں۔ انہیں اپنی شادی میں شرکت کرنے پر اصرار کروں گی......اور جذبات کی شدت کا پورے طور پر احترام کرتے ہوئے یہ بھی کہہ دوں گی میں پرویز سے کتنی محبت کرتی ہوں۔ یہ سن کر بس جل ہی جائیں گی جلیں گی؟......ضرور اس وقت جب میں چھٹی لئے بغیر اپنے گھر آئی تھی، وہ بار بار پوچھ رہی تھیں نا ''گلنار۔ کہیں تمہاری شادی تو نہیں ہو رہی ہے!'' میں نے کہا۔ ''نہیں'' انہیں یقین ہی نہیں آیا تھا۔ ''تم مجھ سے چھپاتی ہو گلنار!'' اور جب ہی تو انہوں نے میری منگنی کی خبر ملنے کی مبارک باد تک نہ لکھ بھیجی تھی......اور اب میرے چہرے پر بجائے رنج کے یہ دفورِ شوق، مسرت اور بے تابی دیکھ کر کیسے جل اُٹھیں گی۔

ہونہہ! جلیں تو جلیں! خوب جلیں میری بلا سے!!

میں نے چلتے چلتے پرویز کی تصویر لے لی۔

☆☆

اوپیندر ناتھ اشک

اجگر

روز کی طرح وہ بڑے نارمل ڈھنگ سے اٹھتا ہے۔ آنکھ کھلنے کے بعد دیر تک چارپائی پر آلکس میں لیٹا رہتا ہے۔ گزشتہ شام کے طوفان باد و باراں کے باعث کھڑکی سے آسمان کا ٹکڑا نیلے بلور سا دکھائی دیتا ہے۔ صبح دھلی اور نکھری ہے اور نہایت پیاری سہانی مسرت آگیں ہوا بہہ رہی ہے۔ بنگلے کے باہر سڑک کے اس پار پیپل کا ایک گھنا چھتنار درخت گویا سامنے کے سارے آسمان کو حلقہ بگوش کیے ہوئے فخر سے جھول رہا ہے۔ رات کی بارش نے اس کے سارے پتے دھو دیے ہیں۔ اس کے عقب میں دودھیا سویرا اگ رہا ہے۔ ہوا کے لمس سے پیپل کا ایک ایک پتہ اس اجالے میں کانپتا دکھائی دیتا ہے۔ وہ سیمل کی روئی کا تکیہ دوہرا کر کے سر کے نیچے رکھ لیتا ہے اور السائو بھاؤ سے ایک ٹک پیپل کے پتوں کو کانپتے دیکھتا ہے پھر وہ الگ الگ دکھائی دینے والے پتوں کو گننے کی بھی کوشش کرتا ہے لیکن اس کام کو یکسر ناممکن اور احمقانہ سمجھ کر دل ہی دل میں ہنس کر چھوڑ دیتا ہے۔

تبھی اخبار والا اس دن کا اخبار پھینک کر جاتا ہے۔ وہ اٹھ کے اخبار پڑھنے لگتا ہے اور جیسا کہ ادھر اس کا معمول ہو گیا ہے وہ اخبار کے کالموں کی تنقید میں دل ہی دل میں ریمارک کستا ہے ____ وزیر اعظم سے لے کر بلدیہ کے اعلیٰ عہدے دار تک ____ سب کی تنقیص کرتا ہے۔ چوتھے صفحے پر اداریہ میں چھپنے والے اہم خصوصی مضامین میں زبان و بیان کی غلطیاں نکالتا ہے اور اخبار کے مالکوں پر ترس کھاتا ہے جنہیں یہ معلوم نہیں کہ اس شہر میں اتنا زبردست صحافی موجود ہے جس کی قابلیت کا وہ کمبخت کوئی فائدہ نہیں اٹھا رہا ہے پھر چونکہ ہوائی قلعے بنانا بھی ادھر برسوں سے اس کی عادت میں شامل ہو گیا ہے۔ جب جیسی دھن ہو وہ توسن تخیل کی لگام ڈھیلی چھوڑ دیتا ہے کبھی عظیم شاعر بنتا ہے کبھی مشہور افسانہ نگار اور کبھی دھاکڑ ایڈیٹر۔ اس لئے اخبار پڑھنا چھوڑ کر وہ

تخلیقات کی دنیا میں کھو جاتا ہے۔ وہ دیکھتا ہے کہ اسے ہفتہ دار کے چیف ایڈیٹر کے فرائض سونپ دیئے گئے ہے۔ وہ ان تبدیلیوں کی فہرست مرتب کرتا ہے۔ ان نئے اور نادر کالموں کی ___ جو دوسروں کے مقابلے میں اپنے اخبار میں انٹروڈیوس کرنے والا ہے۔ مضامین کے موضوع کے اعتبار سے مناسب اور قابل مصنفوں کی فہرست وہ بناڈالتا ہے۔-------

اسے پتہ نہیں چلتا کہ جب اس کی پانچ سالہ بچی دبے پاؤں اٹھ کر چپ چاپ آتی ہے اوراس کی پیٹھ پر چڑھ کر جھولنے لگتی ہے وہ اس تساہل کے تحت دیر تک اس جھلاتا رہتا ہے۔ اس کی توتلی باتیں سنتا رہتا ہے۔ پھر وہ اسے کندھے پر اُٹھائے آنگن میں لاتا ہے اور وہاں اتار کر حوائج ضروری سے فارغ ہونے چلا جاتا ہے۔----

تھرمس میں ایک ڈلی برف پڑی ہے۔ بھابی روز کی طرح اس کے لئے مٹھے کا ایک بڑا گلاس بناتی ہے ___ بالکل لوکناتھ حلوائی کی طرح اوراس کی بالائی پر کیوڑہ چھڑک دیتی ہے۔ تیار ہو کر وہ مٹھے کا گلاس پیتا ہے اور سیر ہو کر ایک لمبی ڈکار لیتا ہے پھر وہ بھابی کے بنائے ہوئے پان طشتری سے اٹھا کران کی گلوریاں بنا کر منھ میں رکھ لیتا ہے عین وقت پر منی کو تیار کرتی ہوئی ان کی بیوی کہتی ہے "مجھے امید ہے کہ پرنسپل میری درخواست منظور کرلیں گی" وہ بغیر اس کی بات پر دھیان دیئے بغیر باہر جا کر پان کی پہلی پیک تھوکتا ہے اوراس ست روی سے اپنے کمرے میں آکر تخت پر دراز ہو جاتا ہے۔

وہیں لیٹے لیٹے پان کا رس مزے سے پیتے ہوئے وہ منی کو کنونٹ جاتے دیکھتا ہے اپنی بیوی کو کالج جاتے دیکھتا ہے۔ بھائی صاحب کو دفتر جاتے دیکھتا ہے پھر مٹھے کی غنودگی اس کی وجہ سے وہ آنکھ بند کر لیتا ہے ___ اچانک بیوی کی بات اس کے دماغ میں گونجتی ہے ___ اس نے درخواست دے رکھی ہے کہ اگر ہوسٹل میں اس کے قیام کا انتظام ہو جائے تو وہ اعزازی وارڈن کی ڈیوٹی دینا منظور کرے گی۔ اسے امید ہے کہ اس کی درخواست قبول کرلی جائے گی ___ ہمیشہ کی طرح جب اس کے پاس کرنے کو کچھ نہیں ہوتا اوراس کی بیوی گھر چھوڑنے کا اشارہ کرتی ہے تو

اس کے سامنے اپنی ازدواجی زندگی کے شروع کی جھلکیاں آنے لگتی ہیں۔ ادھر کچھ زیادہ ہی آنے لگی ہیں۔ کیونکہ اس کی بیوی نے نوکری کرنے کے بعد نہ صرف کچھ زیادہ رنگ نکال لیا ہے بلکہ وہ گھر چھوڑنے پر بھی مسلسل زور دینے لگی ہے۔

عجیب بات ہے کہ اب وہ اسے کچھ قبول صورت بھی نظر آنے لگی ہے۔ ابھی ابھی وہ اس کے سامنے سے ہو کر کالج گئی ہے۔ روز کی طرح وہ لمحہ بھر اسے دیکھتا رہ گیا ہے۔ گیہواں رنگ قدرے موٹی ناک اوپر کے دانتوں کی قطار ذرا آگے کو نکلے ہوئی سامنے کے دو دانتوں کے بیچ خاص دراوز موٹے موٹے ہونٹ سب کچھ وہی سہاگ رات میں جسے دیکھ کر اسے سولہ برس پہلے بڑی کوفت ہوئی تھی اور وہ گاؤں سے بھاگ آیا تھا اور چیل کے پنجوں سے نکل کر کوے کی چونچ میں پھنسنے والے بے ضرر کیچوے کی طرح بھائی صاحب کے چنگل میں آپھنسا تھا........اس کی آنکھوں میں سولہ سال پہلے کی شکل گھوم جاتی ہے۔ پتلا چھریرا بدن گورا چٹا نوکیلا اور انتہائی خوبصورت چہرہ چوڑی پیشانی ستواں ناک نازک ہاتھ پاؤں۔ نہ جانے یونیورسٹی کی کتنی لڑکیاں........لڑکیاں ہی نہیں لڑکے بھی اس پر مرتے ہیں۔ کبھی جب وہ اپنی سوز اور لوچ بھری آواز میں ہریناں کا گیت گاتا ہے (تو اس کے ایک دوست نے ایسا تسلیم کیا) سننے والوں کے دل دھڑک اٹھتے ہیں ____ اس لوک گیت کی وجہ سے بھائی صاحب سے اس کا تعارف ہوتا ہے.... اسکی آنکھوں میں وہ منظر ایسے آجاتا ہے گویا اس نے اسے کل ہی دیکھا ہو ____ آپ گاؤں سے بھاگا آیا ہے۔ نیورسٹی میں اس نے ریسرچ میں نام لکھالیا ہے ہوسٹل میں ایک دوست کے ساتھ ٹھہرا ہے خرچ چلانے کیلیے وہ آکاش وانی میں کچھ پروگرام کرنا چاہتا ہے اور آڈیشن دینے کے لئے ریڈیو اسٹیشن آیا ہے اسٹوڈیو نمبر تین میں مائک کے آگے بیٹھا وہ بھی گانا گا رہا ہے۔ بھائی صاحب ریڈیو ٹاک دینے آئے ہوئے ہیں وہ ٹاک چیمبر کے شیشے سے لگاتار اسے دیکھتے رہتے ہیں۔ دو ایک بار اس کی نگاہیں ان سے ملتی ہیں۔ وہ تقریر ریکارڈ کرا کے اس اسٹوڈیو میں آجاتے ہیں اس کا گانا سنتے ہیں گیت کے درد سے مسحور او مبہوت ہو کر وہ اپنی آنکھیں پونچھتے ہوئے اس کی پیٹھ ٹھونکتے ہیں۔

پھر وہ اس کا پتہ پوچھتے ہیں اور اس کے مشاغل وغیرہ کے بارے میں استفسار کرتے ہیں۔ اسے ساتھ لے جاکر اسٹیشن ڈائریکٹر سے ملواتے ہیں وہ بتاتے ہے کہ اسے ادب اور افسانہ نویسی سے رغبت ہے لیکن ابھی وہ ریسرچ کرے گا ڈگری لے کر کہیں ٹیچر ہو جائے گا اور تب زندگی کو ادب کی تخلیق میں صرف کر دے گا۔ اس وقت تو خرچ چلانے کے لئے اسے کام کی تلاش ہے......

وہ اسے اپنے اخبار کیلئے مضامین لکھنے کیلئے کہتے ہیں اور صلاح مشورہ دیتے ہیں کہ جب تک اسے کرہ نہیں ملتا وہ ان کے بنگلے میں آ جائے۔ ان کے کوئی اولاد نہیں ہے۔ میاں بیوی دو ہی افراد ہیں وہ اسے ایک کمرہ دے دیں گے۔ کھانے پینے کی طرف سے اسے کوئی پریشانی نہیں ہوگی......

اور دوسرے دن وہ ہوسٹل سے اس کا سامان لدوا کر اسے اپنے یہاں لے آتے ہیں۔

وہ ان کی بیوی کو دیکھتا ہے۔ وہ ان سے عمر میں پندرہ بیس سال چھوٹی ہیں ___ ٹھگنی گوری گدرائی اور سبک ___ وہ اسے اپنی ہم عمر لگتی ہے۔ ''یہ اس کھوسٹ کو کہاں سے مل گئی'' وہ دل ہی دل میں سوچتا ہے۔ بظاہر وہ اسے دونوں ہاتھ جوڑ کر نمشکار کرتا ہے۔ بھائی صاحب اس بچوا کے لیے چائے بنانے کو کہتے ہیں اور اس کا کمرہ دکھاتے ہیں۔ تخت پر اس کا بستر بچھوا دیتا ہے۔ الماری میں اس کی کتابیں لگوا دیتے ہیں۔ اور تختی کاغذ ایک طرف میز پر سجا دیتے ہیں۔ خود آرام کرسی پر بیٹھ جاتے ہیں۔ سوٹ کیس اندر بھجوا دیتے ہیں اور پھر جیسے اس کے من کی بات بھانپ کر بتا دیتے ہیں کہ کیسے تحریک آزادی میں حصے لینے اور بار بار جیل جانے میں ان کی جوانی گزر گئی تو انہوں نے طے کیا تھا کہ وہ شادی نہیں کریں گے۔ بقیہ زندگی ملک کی خطر خدمت میں گزار دیں گے.........

وہ چاہتے تو منسٹر بن جاتے لیکن انہیں آزاد رہنا پسند ہے اس لئے انہوں نے اخبار کا ایڈیٹر بن کر اپنی آزادی برقرار رکھی۔ تبھی ایک دن صوبے کے وزیر اعلیٰ نے انہیں فون کیا۔ وہ گئے تو انہوں نے ان کا ہاتھ انکے ہاتھ میں دے دیا ان کے والد مشہور قومی خدمتگار تھے۔ ماں ان کی پہلے وفات پا چکی تھیں۔ اچانک والد کا انتقال ہو گیا وہ وزیر اعلیٰ کے دوست تھے۔ مرتے وقت وہ اپنی لڑکی اور اس کے مستقبل کو وزیر اعلیٰ کے ہاتھوں سونپ گئے تھے........ بھائی صاحب وزیر اعلیٰ کی بات کیسے

نا لتے اس لئے انہوں نے شادی کر لی ،اولا دنہیں ہے اس کا انہیں رنج ہے۔اور یہ سب سنا کر اسے یقین دلاتے ہیں کہ وہ آرام سے رہے اس گھر کو اپنا گھر سمجھے...... تبھی چائے آجاتی ہے اور بھائی صاحب اُسے یہ سمجھاتے ہے کہ کیسے اسے اپنا پروگرام بنانا چاہیے۔ریسرچ کرنے کے ساتھ ساتھ نہ صرف اسے نظمیں بلکہ کہانیاں اور ناٹک بھی لکھتے رہنا چاہیے۔وہ اسے شہر کے ادبی حلقوں میں لے جائیں گے۔سبھی ادیبوں سے متعارف کرادیں گے۔اس کی کتابوں کی اشاعت کا انتظام کر دیں گے۔اگر وہ وقت پر شادی کر لیتے تو ان کا لڑکا اس کی عمر کا ہوتا........ اور وہ لمبی سانس بھرتے ہیں......وہ اپنی بیوی سے کہتے ہیں کہ وہ اسے اپنا بچہ ہی سمجھیں اور اس کا خیال رکھیں.......وہ چلے جاتے ہیں اور بھابی بیٹھی اس کے گھر کا حال چال پوچھتی ہیں۔ نہ جانے بھابھی کی موجودگی میں اسے کیسے قرب کا احساس ہوتا ہے کہ وہ اپنی شادی کا سارا المیہ ان کے سامنے رکھ دیتا ہے۔

........وہ کروٹ بدلتا ہے۔ایک کے بعد ایک کئی منظر اس کی بند خواب آلود آنکھوں میں گھوم جاتے ہیں......بھابھی اسے سامنے بیٹھا کر کھلا رہی ہے........بھابھی اس کا بستر بچھا رہی ہیں۔بھابھی اس کے کپڑے دھو رہی ہیں......بھابھی اس کا کمرہ خود صاف کر رہی ہیں......وہ پانی مانگتا ہے تو بھابھی دوری دوڑی جا کر پانی کا گلاس لاتی ہیں.......رات کو بڑی پیار سے اس کے بالوں میں ہاتھ پھیرتے ہوئے جگا کر اسے دودھ کا گلاس پلاتی ہیں۔.......وہ ریسرچ کرنا چھوڑ دیتا ہے ــــــ ''دادو دیال اور ان کی شاعری'' ــــــ یہ موضوع اُسے نہایت بور لگتا ہے۔ بھابھی کو سناتا ہے وہ انہیں اور بھی بور لگتا ہے۔وہ نظمیں لکھنے لگتا ہے۔بھابھی کو سناتا ہے۔وہ اس کی حوصلہ افزائی کرتی ہیں۔بھائی صاحب اسے شہر کے تمام ادیبوں سے متعارف کرا دیتے ہیں۔وہ ان کی نشستوں میں حصہ لیتا ہے۔اب بھائی صاحب کے اخبار میں وہ باقاعدہ شہر کی ادبی سرگرمیوں کے بارے میں کالم لکھتا ہے وہ اس کی بڑی تعریف کرتے ہیں ایک بار فرطِ جوش و محبت سے اسے اپنی بانہوں میں بھر کر اس کی پیشانی چوم لیتے ہیں.........

بھابھی اس کے بستر پر بیٹھی ہیں۔اس سے فرمائش کرتی ہیں کہ وہ کوئی گیت سنائے۔" یہ کہتے ہیں کہ بچوا اچھا گاتے ہیں۔ہم کو ایک گانا بھی کبھی نہیں سنایا۔" وہ اِلا ہنا دیتی ہیں۔وہ نخرا کرتا ہے۔ بھابھی اس کا ہاتھ اپنے دونوں ہاتھوں میں لیکر اصرار کرتی ہیں۔آخر وہ شرط رکھتا ہے کہ بھابھی سنائیں گی تو وہ بھی سنائے گا۔ بھابھی کہتی ہیں ــــــ "پہلے ہم نے کہا اس کے لئے پہلے تم سناؤ پھر ہم سنا دیں گے۔" آخر وہ مان جاتا ہے بھابھی کی گود میں سر رکھ کر لیٹ جاتا ہے اور گانا سناتا ہے ۔ بھابھی مبہوت اور مسحور ہو کر اس کی پیشانی چوم لیتی ہیں ــــ "تمہارے گلے میں تو امرت ہے بھیے۔" وہ کہتی ہیں.....ان کے ہونٹوں میں کچھ ایسی گرمی ہے کہ اس کا رنگ لال ہو جاتا ہے اور اعصاب تن جاتے ہیں وہ اٹھ کر بیٹھ جاتا ہے اور بھابھی سے گانا سنانے کی فرمائش کرتا ہے ۔ بھابھی ایک بڑا چلبلا گانا سناتی ہیں۔

کیسی چتر بھو جائی رے
من لاگا دیور سے
جاگ نہ جائے تور بھائی رے
من لاگا دیور سے

اور پورا گانا سنا کر وہ زور سے قہقہہ لگاتی ہوئی اٹھ کر کھڑی ہوتی ہیں انھیں بیٹھنے کو اور ایک گانا سنانے کو کہتا ہے لیکن وہ نہیں بیٹھتیں۔ہنستی ہوئی بھاگ جاتی ہیں۔

اور تبھی جب بڑے آرام سے دن گزر رہا ہوتا ہے اور اور جیسا کہ انگریزی میں کہتے ہیں اور کائنات کی چوٹی پر بیٹھا ہوتا ہے کہ وہ حادثہ وقوع پذیر ہوتا ہے جو ہمیشہ اُسے کیچوا سا بنا دیتا ہے۔ ہمیشہ اس کی غنودگی دور کرتا ہے اور جیسے دماغ سے فراموش کر دینے کی تمام کوششوں کے باوجود وہ ان چودہ پندرہ برسوں میں فراموش نہیں کر سکا.....وہ بھابھی کے ساتھ لیٹا ہے اور آسودہ ہو کر وہ اسے اپنی بانہوں میں لپٹائے اس سے چمٹی ہوئی ہیں۔دونوں کے کپڑے بے ترتیب ہیں کہ اچانک بھائی صاحب اوپر سے آجاتے ہیں بھابھی فوراً اٹھتی ہیں ساڑی سے سر اور بدن ڈھکتی

ہوئی وہ کہتی ہیں ''بھیا کی طبیعت ٹھیک نہیں ہے۔'' اور چلی جاتی ہیں..... لمحہ بھر وہ حیران اور ساکت سالیٹا رہتا ہے۔ کوئی حرکت نہیں کرتا لیکن بھابھی کی بات سن کر وہ دیوار کی طرف منہ کر لیتا ہے جیسے وہ واقعی بیمار ہوں۔ بھائی صاحب کچھ لمحہ اسے بے ترتیب دھوتی میں جھلکتے گورے بدن کو دیکھتے رہتے ہیں۔ پھر وہ اس کی چارپائی پر نیم دراز ہو جاتے ہیں۔ اس کے بالوں کو اس کے جسم کو سہلاتے ہوئے پوچھتے ہیں کہ اب کیسی طبیعت ہے بچوا کی۔ وہ اس کا بدن سہلاتے ہوئے اور اس ساتھ لیٹے ہوئے نہ جانے کیا بولے جاتے ہیں اور اپنا جسم اس کے جسم میں گھسائے جاتے ہیں اس کے جی میں آتا ہے کہ پلٹ کر انہیں چارپائی سے نیچے گرا دے۔ لیکن احساس جرم سے ایک دم سن ہو کر لیٹا رہتا ہے۔ کہیں چپل اٹھا کر اسے پیٹنا شروع کر دیں تو.......اور اس سے پہلے کہ وہ کچھ کرے یا سوچے وہ اس کی گدی کانوں کی لو کے نیچے چوم لیتے ہیں اس اپنی بانہوں اور رانوں میں کس لیتے ہیں لیکن وہ دیر نہیں لگاتے دو ایک بار اسے کس کر وہ ڈھیلے پڑ جاتے ہیں ......اسے عجیب سی چپچپاہٹ کا احساس ہوتا ہیں اور وہ اسے تھپتھپاتے ہوئے الگ ہو جاتے ہیں .....مجبوری میں پلٹ کر وہ رونکھا ہو جاتا ہے......

وہ اٹھ کر بیٹھ جاتا ہے.......گزشتہ چودہ پندرہ برسوں میں اگر چہ اس واقعہ پر کافی گرد پڑ گئی ہے لیکن جب بھی وہ اسے یاد آتا ہے لمحہ بھر کے لئے وہ اسے لجلجا کیچوا سا بنا جاتا ہے اور بھائی صاحب کے خلاف اس کے دل میں غیض وغضب کا آتش فشاں سا پھٹ پڑتا ہے.....اگر وہ بھابھی کے ساتھ اس حالت میں نہ پکڑ لیا گیا ہوتا تو وہ کیا کبھی جرأت کر سکتے تھے۔ اگرچہ یونیورسٹی میں لڑکوں کا خیال تھا کہ وہ ہمیشہ تختہ مشق رہا ہے لیکن اس نے کسی غنڈے کو اس حد تک بڑھنے نہیں دیا تھا.....اس کے سامنے پھر وہی منظر گھوم جاتا ہے اپنے کپڑے درست کر کے بھائی صاحب ایک دم اٹھ کھڑے ہوتے ہیں۔ اس کے کپڑے ٹھیک کر دیتے ہیں اسے پیار کرتے ہیں اور اس کے آنسو پونچھتے ہوئے اس سے معافی مانگتے ہیں اور جیل میں اپنے لمبے برسوں کا حوالہ دیتے ہوئے بڑبڑاتے جاتے ہیں کہ بڑے بڑے لوگوں میں یہ کمزوری ہوتی ہے ___ سیزر اور اسٹنٹی

جیسے بڑے سپہ سالاروں میں تھی......عام انسانی کمزوری.....وہ گاندھی جی کے پیرو ہیں۔ وہ اپنی اس کمزوری پر فتح پانے کی کوشش کریں گے اور یہ جو بھی خطا ان سے سرزد ہو گئی ہے اس کی تلافی کریں گے اور اس وقت گھر نہیں جائیں گے کھانا نہیں کھائیں گے جب تک وہ انہیں معاف نہیں کر دے گا......

اور وہ چلے جاتے ہیں

بھائی صاحب کے جاتے ہی بھابھی آجاتی ہیں۔ اس سے پوچھتی ہے کہ کیا ہوا۔ انہوں نے کیا کہا وہ ایسے کیوں چلے گئے ہیں۔ وہ اس طرح کیوں لیٹا ہے لیکن وہ ہونٹ نہیں کھولتا۔ نہایت افسردہ دل گیر اور مجروح چپ چاپ لیٹا رہتا ہے۔

تبھی بھابھی اس کے پاس بیٹھ جاتی ہیں۔ اسے تسلی دیتی ہیں کہ ڈر نہیں وہ کوئی ایسا ویسا قدم نہیں اٹھائیں گے۔ وہ ہمت نہیں کر سکتے۔ وہ انہیں چھوڑ کر چلی جائیں گی......وہ انہیں کبھی بھی چھوڑ چلی جاتیں لیکن مصیبت کے وقت میں انہوں نے ہاتھ پکڑا تھا۔ وہ انہیں پریشان نہیں کرنا چاہتیں لیکن اس سلسلے میں انہوں نے کچھ کیا____ کچھ بھی____ تو وہ گھر چھوڑ دیں گی۔ پھر زندگی بھر انہیں بھیک ہی کیوں نہ مانگنی پڑے.......وہ کچھ نہیں کہتا نہ ہاں کرتا ہے نہ ناں۔ بس خاموش رہتا ہے .....تب وہ اچانک پوچھتی ہیں کچھ چھیڑا ویڑا نہیں تو انہوں نے.....انہیں کچھ عادت ہے.....کبھی کبھی وہ بہک جاتے ہیں......وہ اس کی آنکھوں میں جھانکتی ہیں اور اسے تسلی دیتی ہیں کہ وہ گھبرائے نہیں.....وہ اسے کچھ نہیں کہیں گے کچھ نہیں کریں گے وہ کچھ کرنے لائق ہیں ہی نہیں۔ وہ پھر بھی چپ رہتا ہے۔ صرف اپنی بے بسی پر اس کی آنکھیں بھر آتی ہیں۔ بھابھی اسے اپنی بانہوں میں لیکر اسے سینے سے لگا لیتی ہیں۔ وہ اسے تسلی دیتی ہوئی اسے بار بار چومتی ہیں۔ ان کا ہر بوسہ پہلے سے گرم ہونے لگتا ہے۔

''نہیں کچھ نہیں'' وہ سر کو ذرا جھٹکا سا دیکر رکھائی سے اتنا ہی کہتا ہے اور اچانک بھابھی کی بانہوں سے نکل کر اچھل کر اٹھتا ہے اور تولیہ لے کر نہانے چلا جاتا ہے۔

نل اونچا ہے۔ وہ اسے پورا کھول کر اس کے نیچے بیٹھ جاتا ہے ____ کیا وہ اسے اسی لئے اپنے گھر لائے تھے......ایک بے پناہ غصے سے پانی کی دھارے کے نیچے اس کا تن من جل اٹھتا ہے۔ وہ نل بند کر دیتا ہے۔ زور زور سے جسم پر صابن ملتا ہے.....اس کے کانوں میں بھابھی کے الفاظ گونج رہے ہیں۔ ''وہ کچھ نہیں کریں گے۔'' کچھ کرنے لائق وہ ہیں ہی نہیں، وہ زور زور سے ملتا ہے۔ صابن کا جھاگ اس کے گورے جسم کو ڈھک لیتا ہے.......وہ تبھی لجلجا کیچوا بننا شروع کر دیتا ہے اور آہستہ آہستہ براسیل کے جنگلوں کا بوا کنسٹرکٹر ____ سفاک اژدہا بن جاتا ہے جو اپنی گنجلکوں میں شیر تک کو پیس ڈالتا ہے ____ وہ ایک جست میں اپنے شکار کو دھر دبوچتا ہے۔ پلک جھپکتے ہی اس کے جسم کو اپنی کنڈلیوں میں کس لیتا ہے پھر وہ ان گھیروں کو کستا جاتا ہے یہاں تک کے شکار کی ہڈی پسلی تک برابر ہو جاتی ہیں تب وہ اسے نگل جاتا ہے اس نے شیر ببر کو اپنے جنگل میں لپیٹے ہوئے بوا کنسٹرکٹر کی تصویر دیکھی ہے۔ وہ اپنے آپ کو اس اژدہا کے روپ میں دیکھتا ہے اور اپنی گنجلکوں میں بھائی صاحب کو ان کی ساری زندگی کو جکڑ لیتا ہے۔ اُن کی بیوی کو ان کی دولت، عزت کو____ اور مزے سے انہیں انچ انچ نگلتا ہے......وہ پانی کی دھار چھوڑ دیتا ہے اس کے جسم کی کثافت دھل جاتی ہے۔ من کی تکلیف دور ہو جاتی ہے اسے بھائی صاحب کی مجبوری پر ترس تک آجاتا ہے۔ اسے یقین ہو جاتا ہے کہ وہ اب کبھی اسے کچھ نہیں کہہ پائیں گے کبھی ویسی حالت میں دیکھ لیں تب بھی نہیں......وہ خوفزدہ ہو گیا تھا.....لیکن اب خوف کی کوئی بات نہیں ......وہ جکڑ لے گا.....اُنہیں اپنی گرفت میں جکڑ لے گا.....انہیں پیس ڈالے گا.....وہ دیر تک نل کے نیچے بیٹھا نہاتا رہتا ہے۔

بھائی صاحب دو دن گھر نہیں آئے۔ تن من کی شدھی کے لئے ان شن کئے رہتے ہیں تیسرے دن وہ بھابھی کو ساتھ لے کر ان کے دفتر جاتا ہے انہیں گھر لے آتا ہے اور نہایت فراخدلی سے انہیں معاف کر دیتا ہے۔

وہ پھر لیٹ جاتا ہے۔ اس کے دماغ میں اپنی بیوی کی بات کوند جاتی ہے۔'' مجھے وہیں

ہوسٹل میں کوارٹر مل گیا تو میں وہیں رہوں گی۔'' وہ ایک دن کہتی ہے کہ ــــــ ادھر جب اسے ملازمت ملی ہے اس کے لباس چال ڈھال بول چال میں تبدیلی آگئی ہے... آٹھ برسوں تک وہ بیوی کی خبر تک نہیں لیتا گاؤں جاتا بھی ہے تو اس کے قریب تک نہیں پھٹکتا۔ بھائی صاحب پھر بھی اسے پریشان نہیں کرتے۔ بہت پیار اس پر آتا ہے تو زیادہ سے زیادہ اس کے سر پر ہاتھ پھیر لیتے ہیں۔ اسے ذرا سی تکلیف ذرا سی فکر نہیں ہونے دیتے۔ وہ بھائی صاحب سے روپیہ لے کر گھر تو بھیج دیتا ہے لیکن بیوی کو نہیں بلاتا......اور بھابھی ....وہ اس کی بھابھی ہیں ماں بھی محبوبہ بھی او ربیوی بھی۔ وہ اسے کبھی کبھی کونچتی ہیں اس کی بیوی کی ہمدردی میں بات کرتی ہیں لیکن وہ ٹال جاتا ہے۔ وہ بھی زیادہ زور نہیں دیتیں۔ ہاں اس بات کا خیال رکھتی ہیں کہ ہر مہینہ کچھ روپیہ اور دن تیوہار کو کپڑے لتے وہ اسے بھیجتا رہے..... تبھی پڑوس میں ہر پریت آجاتی ہے۔ وہ سیاست میں ایم۔اے۔ ہے اور کانگریس کی تحریک پر ریسرچ کر رہی ہے اور بھائی صاحب سے مدد لینے آتی ہے..... کبھی جب بھائی صاحب موجود نہیں ہوتے وہ اس کے کمرے میں آبیٹھتی ہے۔ اُس کا کالم سنتی ہے۔ سیاست پر اس سے بحث کرتی ہے۔ اس کی کہانیاں سنتی ہے۔ اسے طعنے دیتی ہے کہ وہ سست رو ہو گیا ہے۔ سال میں تین چار کہانیاں لکھ کر کوئی بڑا ادیب نہیں بن سکتا۔ اسے کالم بند کر دینا چاہیے.....اور اپنا وقت کہانیوں اور نظموں کی تخلیق میں صرف کرنا چاہیے.....ان دنوں وہ در حقیقت کئی خوبصورت کہانیاں اور نظمیں لکھتا ہے۔ ہر پریت اس کے زیادہ قریب آجاتی ہے۔ اور ایسے میں اسے بھابھی کی موجودگی کھلنے لگتی ہے۔ لیکن بھابھی اعتراض نہیں کرتیں۔ وہ ان کے سامنے ہر پریت کو اپنی بانہوں میں بھر لیتا ہے۔ وہ مسکراتی رہتی ہیں۔ پیشانی پر شکن تک نہیں آنے دیتیں اسی لگن سے ان دونوں کو چائے پلاتی ہیں۔ ناشتہ کراتی ہیں دونوں سے ہنسی مزاق کرتی ہیں۔ تبھی گاؤں میں ان کے والد بیمار ہو جاتے ہیں بھابھی اصرار کر کے گاؤں جاتی ہیں اور واپسی میں اس کی بیوی کو ساتھ لے آتی ہے۔ اسے شکایت تھی کہ پشپا تعلیم یافتہ نہیں مہذب نہیں پھوہڑ گنوار ہے۔ لیکن پشپا آتی ہے تو بھابھی اپنی ساری توجہ اسے پڑھانے لکھانے اور مہذب بنانے میں صرف کر

دیتی ہیں خود جا کر اسے گرلس کالج میں داخل کرا آتی ہیں۔ پشپا میٹرک کرتی ہے۔ پشپا ایف۔اے کرتی ہے۔ پشپا بی۔اے۔ کرتی ہے۔ پشپا۔ بی ٹی۔ کرتی ہے۔ اس دوران ہر پریت اپنے آپ کٹ جاتی ہے۔ منی پیدا ہوتی ہے تب بھی بھابھی اس کی تعلیم میں کوئی فرق نہیں آنے دیتیں۔ منی کا سارا کام اپنے ذمے لے لیتی ہیں۔ اور سب سے بڑھ کر یہ کہ منی کو ماں کی اور شوہر کو بیوی کی کمی نہیں محسوس ہونے دیتیں۔ پشپا کے لئے بھابھی ماں اور ساس دونوں کے فرائض انجام دیتی ہیں اور اب پشپا اس گھر کو چھوڑ دینا چاہتی ہے.....

وہ پھر اُٹھ بیٹھتا ہے۔ اسے چائے کی طلب ہوتی ہے وہیں سے وہ بھابھی کو چائے لانے کے لئے کہتا ہے اور دیوار پر لگے شیشے کے سامنے جا کر کھڑا ہوتا ہے.... ہرپریت کے آنے سے اس کے کام میں جو تیزی آگئی تھی وہ اس کے دور ہٹ جانے سے اپنے آپ کم ہو گئی ہے۔ کالم لکھنا اس نے کب سے چھوڑ دیا ہے۔ لیکن ہرپریت سے جدا ہو جانے پر نہ وہ کہانیاں ہی لکھ پاتا ہے نہ نظمیں۔ اچھی کہانی لکھنے میں جتنی محنت پڑتی ہے وہ اس کے بس کی نہیں رہی۔ شاعری سے اس کا مزاج ہم آہنگ نہیں ہو پاتا۔ صبح وہ دیر تک لیٹا رہتا ہے۔ پھر کافی دیر اخبار پڑھتا ہے۔ اشتہار تک نہیں چھوڑتا۔ پھر حاجات ضروری سے فارغ ہو کر مٹھے کا گلاس پی کر تخت پر دراز ہو جاتا ہے۔ کوئی کتاب اُٹھا لیتا ہے اور اونگھ جاتا ہے۔ دوپہر کا کھانا کھا کر دو گھنٹہ آرام کرتا ہے۔ شام کو اس کی بچی آجاتی ہے تو اس کے ساتھ کھیلتا ہے۔ بس رات کو کچھ پڑھ لیتا ہے۔ بچی کو بھائی صاحب نے باقاعدہ گود لے لیا ہے۔ ان دس بارہ برسوں میں اس نے اپنی گنجلک میں انہیں پوری طرح جکڑ لیا ہے اور اطمینان سے اجگر کی طرح پسرا ہوا ہے.....اسے کبھی کبھی خیال آتا ہے کہ اگر اس کے لڑکا ہوتا اور اسے بھائی صاحب گود لیتے تو کتنا اچھا ہوتا.....اس لئے اسے بیوی کا پڑھنا لکھنا برا نہیں لگا۔ وہ بیوی کے ساتھ چلا جائے گا اور منی کو ساتھ لے جائے گا یہ ڈر دکھا کر اس نے اپنے شکنجے کو اس گھر پر اور بھی کس لیا ہے.....وہ اپنے آپ مسکراتا ہے۔ بھابھی کے کوئی لڑکا نہ ہو جائے اس نے اس بات کا کتنا خیال رکھا ہے.....لیکن اس کے اپنے بھی لڑکی ہوئی ___ اور اسے اچھا لگا کہ اس کی بیوی

نے نوکری کر لی... لیکن اس کی بیوی یہاں سے کیوں جانا چاہتی ہے۔ یہاں اسے کیا کمی ہے۔ منی کو کیسے چھوڑ جائے گی۔ وہ خود تو منی کی شادی کی بعد داماد کو بھی گھر میں ہی رکھنے کا پروگرام بنا رہا ہے اور پشپا سب کچھ چھوڑ چھاڑ کر چلی جانا چاہتی ہے۔ وہ اسی فکر میں ڈوبا ہوا ہے کہ بھابھی چائے لے آتی ہیں ___ ''بھیئے کھانے کا وقت ہو گیا ہے تم نے کہا تو میں چائے لے آئی ہوں۔''

''اچھا بھابھی چائے نہیں پیتے کھانا کھا لیتے ہیں۔''

بھابھی ہنستی ہیں ___ ''نہیں دل ہے تو پی لو۔ ذرا ٹھہر کر کھانا کھا لینا۔''

وہ چائے پیتا ہے اور سوچتا ہے کہ اسے کوئی منفعت بخش کام کرنا چاہیے۔ اس طرح پڑے پڑے تو اس کا جسم ڈھیلا پڑ جائے گا اُسے صبح کچھ ورزش کرنی چاہیے۔ یوگ آسن کرے تو کیسا رہے..... وہ اٹھ کر الماری سے رشی آشرم ہردوار کی کچھ کتابیں اُٹھا لاتا ہے دیر تک ان کا مطالعہ کرتا ہے اور اپنے لئے کچھ یوگ آسن چنتا ہے۔ وہ صبح جلدی اُٹھے گا مالش کرائے گا۔ کسرت اور یوگ آسن کرے گا اور اس کے جسم میں چیتے کی سی لچک پیدا ہو جائے گی......

بھابھی اس کا کھانا لے آتی ہے۔ کھانا کھا کر وہ پھر اسی تخت پر دراز ہو جاتا ہے اور ایک ضخیم ناول لکھنے کا پروگرام بناتے ہوئے اونگھ جاتا ہے لیکن اُسے خواب میں بھی ناول لکھنے کی زحمت نہیں اٹھانی پڑتی کیوں کہ اچانک باہر برآمدے میں کئی قدموں کی چاپ سے اس کی آنکھ کھل جاتی ہے ۔ وہ تو بھول ہی گیا تھا کہ آج ہی تو کوآپریٹو اشاعتی ادارے کو آخری شکل دینے کے لے نشست رکھی گئی تھی۔ وہ دروازہ کھول کر آنے والے ادیبوں اور اخبار نویسوں کو خوش آمدید کہتا ہے اور لمحہ بھر کے لئے معافی مانگ کر اندر جاتا ہے۔ ہاتھ منہ دھوتا ہے کپڑے بدل کر بال سنوارتا ہے۔ بھابھی سے کہتا ہے۔ آٹھ دس آدمی آئے ہیں ناشتے اور چائے کا انتظام کر دیں ___ اور کچھ نہیں تو پیکیٹ بسکٹ منگالیں۔

وہ اندر کمرے میں جانا چاہتا ہے کہ بھائی صاحب آتے ہیں۔ وہ بڑی امنگ میں ہیں۔ ''کواپریٹو ادارے کی ساری اسکیم بن گئی ہے۔'' وہ اعلان کرتے ہیں ''بس بجواسن لو اور پاس کر دو''

اور اس کے کندھے پر ہاتھ رکھے واپس کمرے میں آجاتے ہیں۔

دو تین گھنٹے جم کر میٹنگ ہوتی ہے۔ چائے دال سیو اور میٹھے نمکین بسکٹ وغیرہ کا ناشتہ اُڑتا ہے۔ بھائی صاحب سب کو اسکیم سمجھاتے ہیں۔ اس پر بحث مباحثہ اور تنقید و تنقیص ہوتی ہے۔ بیچ بیچ میں وہ بھی پیسے لگاتا ہے۔ آخر کار اسکیم آخری شکل پا جاتی ہیں گیارہ ارکان کی فہرست بنتی ہے۔ وہ سکریٹری چنا جاتا ہے۔ طے یہ ہوتا ہے کہ سب ارکان ایک ایک ہزار روپیہ ڈالیں کچھ سرپرست رکن بنائے جائیں جو دو دو حصہ لیں۔ جتنا روپیہ جمع ہو اس کا دس گنا سرکار سے لیا جائے۔ ایک پریس لگا لیا جائے۔ ایک ہفتہ وار نکالا جائے اور ساتھ میں کتابوں کی اشاعت کی جائے۔ سرپرست رکن بنانے ادارے کو رجسٹر کرانے اور سرکار سے روپیہ لینے کا تمام ذمہ بھائی صاحب اپنے سر لیتے ہیں اور جب دو گھنٹے تک بحث و مباحثے کے بعد ساری اسکیم طے ہو جاتی ہے تو بھائی صاحب سب کو لے کر چل دیتے ہیں۔

وہ برآمدے میں جا کر انہیں رخصت کر کے لوٹتا ہے تو اس کا دل بے حد خوش ہے۔ ضخیم ناول اس کے دماغ سے یکسر عنقا ہو چکا ہے اس کے بدلے میں پریس اور ہفتہ وار اور بینک بیلینس اور چیک بکیں اور چار چار ہندسوں کے چیک آجاتے ہیں اور وہ بڑے مسرت بھرے احساس سے ٹھمکتا ہوا اندر جاتا ہے۔

اچانک اُسے ایک دھکا سا لگتا ہے وہ آسمان سے زمین پر آجاتا ہے۔ اس کی بیوی جو اس دوران کالج سے آچکی ہے گھر کے دھلے کپڑے تہہ کر کے سوٹ کیس میں رکھ رہی ہے۔ اس کا شوہر منہ بائے اس کی جانب تاک رہا ہے لیکن وہ اس طرف کوئی توجہ نہیں دیتی اور رُٹھے ہوئے چہرے سے بدستور کپڑے تہا۔ اور انہیں سوٹ کیس میں قرینے سے رکھے جاتی ہے۔

چوکھٹ پر کھڑے کھڑے لحہ بھر کو اس کی نگاہیں گویا اپنی بیوی کے چہرے پر ٹکیں کے ذرہ بھر تھکن کا احساس نہیں۔ گالوں پر ہلکا سا پاؤڈر ہونٹوں پر سرخی آنکھوں میں سرے کی بارک سی لکیر چوڑی پیشانی پر بڑی سی بندیا نئے طرز کا جوڑا اور چہرے پر کچھ عجیب سا دبدبہ اور نکھار ____ یہ دو

چہرہ نہیں جسے سہاگ رات میں دیکھ کر اسے گھٹن کا احساس ہوا تھا۔ یہ تو اپنے محبوب سے ملنے کو بے چین کسی محبوبہ کا چہرہ ہے.....اور وہ اچانک پھٹ پڑتا ہے۔

''کہاں کی تیاری ہو رہی ہے پشپا جی۔''

پشپا بدستور کپڑے تہائے جاتی ہے۔ شوہر کے سوال کو یکسر ان سنا کر دیتی ہے۔ آنکھ تک اُٹھا کر اس کی طرف نہیں دیکھتی۔ اس کا تمام جوش بیوی کی اس بے اعتنائی سے ہوا ہو جاتا ہے اور اس کے لہجے میں قدرے درشتی آجاتی ہے''پشپا جی میں نے آپ سے کچھ عرض کیا ہے۔''

اچانک پشپا جی جھکے جھکے آنکھیں اٹھاتی ہیں۔ نہ جانے ان آنکھوں میں کیا ہے خوشامد منت ضد قدرے بے باکی ___ وہ صرف اتنا کہتی ہے ___ ''میں اب یہاں نہیں رہوں گی۔'' اور نظریں جھکا کر وہ بڑی خودداری کے احساس سے پھر کپڑے تہانے لگتی ہے۔

آگے بڑھ کر وہ ہلکے سے بیوی کی پیٹھ تھپتھپاتا ہے۔''کیا بات ہے۔''

''میں نے آپ سے آج صبح ہی کہہ دیا تھا کہ اگر مجھے ہوسٹل میں جگہ مل گئی تو میں چلی جاؤں گی۔''

بیوی کہتی ہے''پرنسپل نے میری درخواست منظور کر لی ہے۔ اُنہوں نے مجھے آنریری وارڈن مقرر کر دیا ہے اور وہیں ہوسٹل میں ایک کوارٹر میں رہنے کی سہولت دے دی ہے۔''

لیکن.....لیکن......وہاں فیملی نہیں رہ سکتی ہے۔''

''رہ سکتی ہے''۔

''میں وہاں لڑکیوں کے ہوسٹل میں نہیں رہ سکتا۔''

''آپ کوئی دوسرا گھر کرائے پر لے لیں گے تو میں ہوسٹل چھوڑ کر آجاؤں گی۔''لمحہ بھر سناٹا چھایا رہتا ہے۔

''منی.....''

لیکن منی کے بارے میں وہ کیا کہنا چاہتا ہے وہ طے نہیں کر پاتا اور سوال ہوا میں لٹکا

رہتا ہے۔

بیوی لمحہ بھر کو رکتی ہے کہ وہ اپنا جملہ پورا کرے۔ پھر وہ کہتی ہے ''منی کو میں ساتھ لے جاؤں گی۔'' آپ فکر نہ کیجئے۔

''منی کو بھابھی نہیں چھوڑیں گی۔'' اور وہ قدرے بے تکے پن سے ہنستا ہے۔

بیوی اس کا کوئی جواب نہیں دیتی۔ صرف سر کو کسی قدر ٹیڑھا کر کے اور آنکھیں ذرا ترچھی کر اس کی طرف دیکھتی ہے اس کے تیوروں سے ایسا لگتا ہے گویا وہ زبان حال سے کہہ رہی ہو ___ ''وہ کون ہوتی ہے منی کو رکھنے والی۔''

اپنے اوپر قابو پاتے ہوئے بے انتہا ضبط سے وہ پوچھتا ہے'' کیا پھر کسی نے کچھ کہہ دیا ہے۔''

اس کی بیوی چپ رہتی ہے۔

وہ لہجے کو اور بھی ملائم بنا کر پوچھتا ہے۔ ''کسی نے پھر کچھ کہا ہے؟''

بیوی خاموش رہتی ہے۔

''کیا پھر کہا راجو کی ماں نے کہ بھائی صاحب اور میرے خاندان میں کچھ فرق ہے یا بھابھی نے پہلے مجھے گود لے رکھا ہے اور منی کو لے لیا ہے۔'' اور وہ بے شرمی سے ہنستا ہے۔

بیوی بدستور خاموش رہتی ہے۔

''ارے کچھ تو بولو بھائی۔''

وہ پھٹ پڑتی ہے۔

''میں نے ہوسٹل میں رہنے کی بات کی تو ہر پریت بولی ___ بھابھی بھائی صاحب سے پوچھ لیا ہے۔ وہ کبھی اس گھر کو چھوڑ کر تمہارے ساتھ نہیں جائیں گے۔ وہاں سب کو غش آنے لگیں گے۔''

وہ اپنے کو اور نہیں روک پاتا

''اس سالی ہر پریت کا کیا ہے۔ یہاں بھائی صاحب سے تھیسس میں مدد لینے کے بہانے آنے لگی تھی'' بھابھی بھابھی کرتے اس کی زبان نہ تھکتی تھی۔ مجھ پر ڈورے ڈالتی تھی یہیں تخت پر بچھ بچھ جاتی تھی۔ (دل میں وہ کہتا ہے ــــ اس کی وجہ سے تم یہاں آئی ہو میری جان) میں نے لفٹ نہیں دی تو لگی بکنے.....اور تم اتنی بھولی ہو کہ.....''

بیوی تیکھے پن سے کہتی ہے'' ہر پریت ہی کی بات نہیں کون ہے جو آپکے سمبندھوں کو نہیں جانتا۔ سنتے سنتے میرے کان پک گئے ہیں اور میں کیا اندھی ہوں۔ بہری ہوں کیا کچھ دیکھتی نہیں سنتی نہیں ......گاؤں سے آنے کی وجہ سے پہلے دو چار سال کچھ شک بھی رہا ہو.....لیکن ......آپ ہی سینے پر ہاتھ رکھ کر کہئے لوگ کیا غلط کہتے ہیں۔''

''لوگ سالے جلتے ہیں۔''

'' کاہے سے جلتے ہیں۔'' بیوی بھڑ پڑتی ہے۔'' جلنے کو ہے کیا.....کوئی بڑی نوکری پالی ہے کوئی بڑا کاروبار جمالیا ہے کوئی بلڈنگ کھڑی کر لی ہے کوئی مہان گرنتھ لکھ ڈالا ہے.....''

اسے بے حد غصہ آتا ہے لیکن اس پر قابو پا کر وہ ہنستے ہوئے نہایت پر یقین لہجے میں کہتا ہے ـــ ''سب ہوگا ـــ سب ہوگا، آج کو آپریٹیو ادارے کی وہ اسکیم بنائی ہے کہ پریس ہفتہ وار پبلی کیشن ساتھ ساتھ ہوگا۔ پھر بلڈنگ بھی کھڑی ہوگی کار بھی آئے گی اور ایک نہیں کئی ناول چھپیں گے........آج ہی میں نے اپنے ذہن میں ایک عظیم ناول کا خاکہ بنایا ہے.....''

بیوی طنز سے ہنستی ہے۔'' جب سے میں آئی ہوں کتنی اسکیمیں نہیں بنیں کتنے ناول آپ نے نہیں سوچے جب جب یہاں سے جانے کی بات اٹھی ہے کوئی بڑی اسکیم بن گئی ہے اور آپ سنہرے خواب دیکھنے لگے ہیں ......برسوں سے بے کار دوسروں کی روٹیوں پر جی رہے ہیں ......لوگ جلتے نہیں......لوگ ہنستے ہیں.......مزاق اڑاتے ہیں.....''

وہ لمحہ بھر کو رکتی نہیں پھر اسی رو میں کہے جاتی ہے۔'' میرا جی چاہتا ہے نکلنا۔ میرا دم یہاں گھٹتا ہے۔ میری حیثیت اس گھر میں کیا ہے میں یہاں کون ہوں....آپ کی بیوی لیکن آپ تو کچھ کماتے

نہیں اگر آپ کی حیثیت ایک رکھیل کی ہے تو میری اس سے گئی گزری ہے اس لئے میں نے نوکری کرلی ہے۔ میں یہاں نہیں رہ سکتی۔ نہیں رہ سکتی....''

وہ اس کے لہجے میں درد کو پہچانتا ہے۔ اس کی آواز میں پھسپھساہٹ اور خوشامد کا عنصر غالب ہو جاتا ہے۔

''تم بے کار اتنا سوچتی ہو۔ فالتو لوگوں کی بات سنتی ہو۔''

''کاش میرے کان نہ ہوتے آنکھیں نہ ہوتیں۔ کاش میں اتنا نہ پڑھتی کاش میرا دماغ اتنا حساس نہ ہوتا۔ تب شاید میں آرام سے رہ لیتی۔ آپ ٹھیک کہتے ہیں میں بہت سوچتی ہوں مجھے اپنی نہیں بھابھی کی مجبوری پر افسوس ہوتا ہے۔ لیکن آپ .....آپ ...... مالک نہ ہوتے ہوئے بھی مالکوں سے اوپر ہیں...... مگر میں کیا کہوں میں کون ہوں میری کیا حیثیت ہے.....؟

اس کی آواز دبی ہوی چیخ کی حد تک بلند ہوگئی ہے۔ لیکن اب اس میں غصہ نہیں ہے منت ہے ساجت ہے۔ سمجھانے کی یاس آمیز کوشش ہے۔

وہ لہجے کو اور بھی ملائم بنالیتا ہے۔''تم بے کار پریشان ہوتی ہو۔ بھابھی نے منی کو کتنی محبت اور شفقت دی ہے۔ تمہیں پڑھایا لکھایا اور اس لائق بنایا ہے......''

بیوی خاموش رہتی ہے۔

''تمہیں نہیں معلوم بھابھی ہی تمہیں یہاں لائی ہیں''

''میں جانتی ہوں اور یہ بھی جانتی ہوں کیوں لائی ہیں اور کیوں میرے اسکول جانے پر اتنا زور دیتی ہیں۔''

''کیا تمہارے دل میں ذرا بھی محبت کا جذبہ نہیں''اس کے لہجے میں چڑچڑاہٹ ہے۔

''پچھلی مرتبہ جب تم نے منی کو ساتھ لے کر گاؤں چلے جانے کی بات کی تھی تو بھابھی کو دورہ پڑ گیا تھا۔''

''میں جانتی ہوں اور یہ بھی جانتی ہوں کہ آپ میرے ساتھ چلیں تو بھائی صاحب کو بھی

پڑنے لگے گا۔"

اس کے ضبط کا پیمانہ لبریز ہو جاتا ہے اور وہ گرج اٹھتا ہے "کیا بکتی ہو چار حرف کیا پڑھ گئیں، اپنی اوقات بھی بھول گئی ہو۔"

"اوقات" وہ جیسے سمجھانے کی کوشش چھوڑ دیتی ہے اس کے لہجے میں ملائمت غائب ہو جاتی ہے۔ درشتی اُبھر آتی ہے اور اس لفظ کو اس کے منہ پر پھینکتے ہوئے جب وہ آنکھ اُٹھاتی ہے تو اس میں شعلے لپکتے ہیں اور وہ چوٹ کھائی شیرنی کی طرح بپھر جاتی ہے۔ "میری اوقات تو آپ کے ساتھ ہے۔ جب آپ کی کوئی اوقات نہیں تو میری کیا ہوتی......"

وہ لحہ بھر چپ رہتی ہے۔ شوہر کے جسم کا سارا خون اس کے چہرے کی طرف دوڑ پڑتا ہے لیکن وہ ذرا نہیں گھبراتی۔ تلخ و ترش لہجے میں کہتی ہے "آپ نے کبھی واقعی ہم لوگوں کی اوقات پر غور کیا ہے......اپنی میری اور اس بچی کی اوقات کے بارے میں سوچا ہے......کیا آپ واقعی نہیں جانتے کہ لوگ کیا کہتے ہیں؟"

وہ جواب کے لئے رکتی ہے۔ شوہر کا چہرہ غیض وغضب کے مارے لحہ بہ لحہ سرخ ہوتا جا رہا ہے ___ لیکن بیوی کے سامنے جیسے وہ غصے سے لال چہرہ نہیں ہے ایک بے جان پژمردہ چہرہ ہے۔

"لوگ سالے تو خدا کو بھی گالیاں دیتے ہیں۔" وہ چلائے جاتا ہے۔

لیکن اس کے لہجے میں بیوی کو سمجھانے کا انداز بھی ہے "لوگوں کی بات سنیں تو قدم چلنا مشکل ہو جائے۔ پھر تمہارے لوگوں میں سب سے آگے وہ راجو کی ماں ہے۔ نہایت ناکامیاب شخص کی غیر مطمئن بیوی راجو کا باپ میرے ہی ساتھ پڑھتا تھا۔ کیا کر لیا اس نے سالے اسکولوں کالجوں اور سرکاری دفتروں میں سڑتے ہیں جھوٹ بولتے ہیں اور خوشامد کرتے ہیں اور یہاں کسی سالے کی نوکری نہیں کرتے کسی کی دھونس نہیں برداشت کرتے۔ مست الست رہتے ہیں۔"

"اسی کا تو دکھ ہے" آپ بھی اگر دوسروں کی طرح کام کرتے......لیکن جیسے گھریلو عورت

کے مقابلے میں رکھیل آرام سے رہتی ہے آپ......"

اس کا ضبط جواب دے جاتا ہے۔ زناٹے کا ایک تھپڑ وہ اپنی بیوی کو جڑ دیتا ہے۔

"ٹانگیں توڑ دوں گا اگر راجو کی ماں یا ہر پریت در پریت کے یہاں گئی۔ اِدھر اُدھر کی باتیں سنیں یا مجھے سنائیں..... میں کسی سالے کی پروانہیں کرتا۔ تم کو ہوسٹل میں رہنا ہے تو ابھی چلی جاؤ میں بھائی صاحب کا رکھیل ہوں تمہارے باپ کا تو نہیں۔"

اور وہ زور زور سے چلانے لگتا ہے۔

بھائی صاحب اخبار نویسوں کے ساتھ جا چکے ہیں بھابھی باورچی خانے میں بیٹھی شام کے کھانے کا انتظام کر رہی ہیں۔ چلاہٹ سن کر دوڑی آتی ہیں۔ لیکن انہیں دائیں ہاتھ سے پرے دھکیلتے اور راستے میں پڑے پیڑھے کو زور سے ٹھوکر لگاتا ہوا وہ گھر سے نکل جاتا ہے اور تیز تیز قدموں سے چل دیتا ہے......رکھیل......یہ لفظ اس کے دماغ میں ہتھوڑے کی طرح چوٹ کرتا ہے......وہ اور تیز چلنے لگتا ہے........رکھیل......پر اس کے دماغ پر چوٹ پڑتی ہے......اس کے قدم اور تیز ہو جاتے ہیں.....

........وہ بنگلے سے بہت دور نکل آیا ہے___ اس تیز رفتاری سے___ لیکن نہ اس کے قدموں میں تھکاوٹ ہے۔ اور نہ پنڈلیوں میں درد___ بار بار وہی لفظ اس کے کچوکے لگاتا رہتا ہے۔ اس کی بیوی نے اس کی زندگی کا تمام جھوٹ اسکے سامنے افشا کر دیا ہے۔ وہ رکھیل ہی تو ہے۔ بالکل بے جان کیچوا اور وہ اپنے آپ کو بھیانک اجگر سمجھتا ہے۔ بوا کنسٹرکٹر___ وہ اجگر بھی ہے تو ملوک داس والا اجگر ہے۔ جو چاکری نہیں کرتا اور رام بھروسے سویا رہتا ہے.....اسے بھائی صاحب پر غصہ آتا ہے جس نے ایک بار اُسے اپنے چنگل میں جکڑ لیا تو نکلنے نہیں دیا.....اس کی آنکھوں میں بھابھی کے قرب میں گزارے گئے وہ لمحات گزر جاتے ہیں.....وہ گورا گدرایا جسم وہ چھوٹی سی تھوڑی وہ بھرے بھرے پستان اور ریشمی رانیں گرم رسیلے ہونٹ اور گہری نشیلی آنکھیں ......اور وہ پیار......جنگل کی آگ سا جلتا جلاتا اور سیتا اور وہ شفقت___ وسیع نیلی جھیل سی گہری

ٹھنڈی اور خنک......ایک کے بعد ایک گنجلک مضبوط سے مضبوط تر سنگین اور آہنی اور کبھی نہ ٹوٹنے والی......وہ بوا کنسٹرکٹر یا بھابھی......بھابھی ہے....بھابھی بوا کنسٹرکٹر ہے اور وہ اس کی گرفت میں بے طرح جکڑا ہوا ایک یکسر مجبور بے جان بے ضرر جانور ہے ___ وہ نامرد ہے۔ بالکل نامرد۔ مرد ہوتا تو کب کا اس کی کنڈلی توڑ کر نکل جاتا......اسے اپنی بیوی پر غصہ آتا ہے......وہ اسے ایک دم ٹھس اور پھوہڑ سمجھتا آیا ہے۔ وہ کتنی زیرک ہے ان سب سے انتہائی نفرت کرتے ہوئے بھی وہ عقلمندی اور ہوشیاری سے اس گرفت سے نکلنے کے منصوبہ بناتی رہی ہے۔ اور اس کی اتنی ہمت ہوگئی ہے کہ جنہوں نے اسے اتنی محبت اور شفقت دی اتنی تندہی سے پڑھایا لکھایا انہیں ہیچ اور پوچ سمجھے اور اسے ___ جو اس کا شوہر ہے ___ رکھیل ہے......اس نے اس کا گلا کیوں نہ گھونٹ دیا ......تصور ہی تصور میں وہ ہاتھوں میں اس کی گردن دبوچ کر زمین پر گرا دیتا ہے اور اس کے سینے پر چڑھ کر اس کا گلا گھونٹتا ہوا اس کا سر بار بار زمین پر پٹختا ہے......تبھی دور سے گاڑی کی گڑگڑاہٹ سنائی دیتی ہے اور وہ اپنے آپ میں آجاتا ہے۔ دلی کو جانے والی گاڑی کا وقت ہے۔ اچانک اس کے جی میں آتا ہے کہ وہ گاڑی کے آگے کود جائے۔ اس بے کار ناکام زندگی کے چنگل سے ہمیشہ کے لئے نجات پا جائے۔ تبھی اس گدھی کو پتہ چلے گا کہ اس کا شوہر نامرد ہے۔ محض ایک بات کے لئے وہ زندگی کو تنکے کی طرح اُٹھا کر الگ پھینک سکتا ہے۔ جائے وہ ہوسٹل میں شوق سے رہے ساری زندگی وہیں گزارے......اس کے دل میں انتقام کی آگ بھڑک اُٹھتی ہے اور گاڑی کے آگے کود جانے کا ___ بیوی سے اس طرح انتقام لینے کا مصمم ارادہ اس کے دل میں زور پکڑ لیتا ہے۔ وہ آزاد ہونا چاہتی ہے۔ ہو جائے آزاد۔ وہ اسے زندگی بھر کے لئے آزاد کر دے گا......اور وہ دوڑنے لگتا ہے۔

اگرچہ گاڑی کی گڑگڑاہٹ سن کر دھوتی کو کمر میں کھونس کر وہ ایک اندھے جوش میں سرپٹ بھاگنے لگا تھا۔ لیکن جب ٹنکی کے موڑ پر اسے سامنے ریل کا پھاٹک دکھائی دیتا ہے اور انجن کی سیٹی سنائی دیتی ہے تو اس کا دل دھک سے رہ جاتا ہے اس کی رفتار قدرے ماند پڑ جاتی ہے۔ وہ بھاگے

جاتا ہے لیکن اُسے لگتا ہے کہ جیسے اس کی پنڈلیاں پگھلی جارہی ہیں۔وہ پھاٹک سے چند قدم ادھر ہوتا ہے کہ اس کے سامنے سے انجن دھڑ دھڑاتا ہوا گزر جاتا ہے۔اور پھاٹک تک اس کے پہنچتے آدھی گاڑی نکل جاتی ہے۔ایک ڈبے پر اسے لال پٹی پر دلی لکھا دکھائی دیتا ہے لیکن دوسرے الفاظ وہ نہیں پڑھ پاتا۔تبھی ایک ڈبے کے کھلے دروازے میں کوئی شریر لڑکا اس کی طرف مٹھی بندھا ہاتھ نہایت بھدے اشارے میں جھلاتا گزر جاتا ہے۔

وہ پھاٹک پر کہنی ٹیک لیتا ہے اور خواب کی سی کیفیت میں گاڑی کو گزرتے ہوئے دیکھتا ہے ۔اچانک پہیوں کے نیچے اسے اپنے کٹے ہوئے اعضا تڑپتے چھٹپٹاتے دکھائی دیتے ہیں۔کبھی کٹا ہوا سر کبھی تڑپتا ہاتھ کبھی رہ رہ کر پھڑکتا گھٹنا ـــــ ہر ڈبے کے بعد اسے دونوں ریلیں دکھائی دیتی ہیں اور ان پر چھٹپٹاتے اپنے اعضا اور لہو سے بھری ریل کی پٹریاں اور پتھر.....کہ گاڑی گزر جاتی ہے۔ پھاٹک اُٹھتا ہے وہ کہنی ہٹا لیتا ہے۔غروب ہوتے آفتاب کی دھوپ میں پٹریاں اس کی آنکھوں کو خیرہ کردیتی ہیں۔اور پھر پوں پوں کرتی بسیں اور ادھر اُدھر سے بھاگتے رکشے اس جگہ کو گھیر لیتے ہیں۔

وہ پیچھے ہٹ جاتا ہے۔اس کی آنکھیں بُری طرح کانپ رہی ہیں۔فٹ پاتھ اور نالے کے درمیان گھاس کی لمبی پٹی ہے جس پر نالے کے پار بنگلے میں لگے سائے دار گل مہر کا سایہ پڑ رہا ہے وہ بڑھ کر وہاں بیٹھ جاتا ہے۔گھاس نم ہے دھوتی کے نیچے اس کے چوتڑ گیلے ہوجاتے ہیں۔وہ پروا نہیں کرتا اس کی نگاہ اپنی گوری پنڈلیوں پر جاتی ہیں وہاں بھورے بھورے باریک رونگٹے کھڑے ہوئے ہیں۔وہ دھوتی کو نیچے کرلیتا ہے اور نم گھاس پر لیٹ جاتا ہے......گل مہر کا آدھا درخت لال سیندوری کلیوں اور غنچوں سے لدا ہنس رہا ہے اور آدھا ویران اور اداس گویا اپنے نصف حصے سے بے نیاز ہے۔ایک طرف طائرانہ نگاہ اس پر ڈال کر وہ آنکھیں بند کرلیتا ہے.....دیکھتا ہے کہ وہ بھاگا جارہا ہے اور پھاٹک کے برابر سے نکل کر انجن کے آگے کود جاتا ہے۔انجن کے آگے لگا لوہے کا جالی دار گارڈ اُسے اٹھا کر وہ آگے

پھینک دیتا ہے۔اور گاڑی اس کے اوپر سے ہو کر گزر جاتی ہے.....

پہلی مرتبہ وہ دیکھتا ہے اس کی دھوتی کیچڑ میں پھنس گئی ہے وہ دور تک گھسٹتا ہوا کٹتا ہے۔وہ طرح طرح سے اپنی موت دیکھتا ہے۔اسے اس میں کچھ عجیب لذت سی ہے۔وہ آنکھیں کھول کر دیتا ہے اور اٹھ کر بیٹھ جاتا ہے......وہ اٹھ کر چل دینا چاہتا ہے......لیکن اسے بے حد تھکن محسوس ہوتی ہے وہ پھر لیٹ جاتا ہے۔آنکھیں بند کر لیتا ہے.....اس بار وہ دیکھتا ہے کہ وہ ریل کی پٹری پر گردن ٹکائے لیٹا ہے اور کسی دھیمی فلم کی رفتار سے انجن اس کی طرف بڑھا آرہا ہے وہ چاہنے کے باوجود اُٹھ نہیں پاتا۔چیخنا چاہتا ہے۔ چیخ نہیں پاتا کچھ عجب سے سحر میں گرنتار انجن کو انچ انچ اپنی طرف سرکتے دیکھ رہا ہے۔وہ ایک خاموش چیخ مارتا ہے اور آنکھیں کھول دیتا ہے۔۔کھلی آنکھوں بھی وہ لمحہ بھر گاڑی کو اپنے اوپر سے گزرتے دیکھتا ہے۔وہ اُٹھ کر بیٹھ جاتا ہے۔اس کا جسم پسینے سے شرابور ہے۔دل بُری طرح دھڑک رہا ہے۔وہ اِدھر اُدھر دیکھتا ہے۔سڑک ویران ہے۔پھاٹک کھلا ہے اور کسی گاڑی کے آنے کا امکان نہیں ہے۔

عجیب بات ہے کہ اپنی موت کے اتنے مناظر دیکھتے ہوئے بھی اسے ایک بار بھی بیوی بچی بھائی صاحب یا بھابھی کا خیال نہیں آیا لیکن جب وہ اٹھ کر بیٹھتا ہے تو وہ سب باری باری اسکے سامنے آنے لگتے ہیں.....وہ دیکھتا ہے کہ بھائی صاحب اخبار نویسوں کو چھوڑ کر واپس آتے ہیں۔بھابھی بتاتی ہیں کہ بچو الڑ کر غصے میں گھر چھوڑ کر بھاگ گئے ہیں۔بھائی صاحب الٹے پاؤں گھر سے نکلتے ہیں اور اسے ڈھونڈنے کے لئے چل پڑتے ہیں.....گھر جائے یا نہ جائے وہ اسی پس و پیش میں کھڑا ہے کہ بھائی صاحب اسے ڈھونڈتے ہوئے پریشان حال ادھر آنکلتے ہیں۔اچانک اُسے وہاں دیکھ کر مسرت سے بڑھ کر اُسے گلے سے لگا لیتے ہیں اور پیار سے بار بار چومے جاتے ہیں.....پھر وہ دیکھتا ہے کہ ____ نہیں وہ تو اسے ڈھونڈتے ہوئے نہ جانے کہاں نکل جاتے ہیں۔وہ ہی خود گھر پہنچتا ہیں۔اس کی بیوی اور بچی باہر سیڑھیوں پر بیٹھی اس کا انتظار کر رہی ہیں۔بیوی نے ہوسٹل جانے کا خیال ہمیشہ کے لئے ترک کر دیا ہے۔برآمدے میں اس کے قدم رکھتے

ہی دونوں اس سے لپٹ کر رونے لگتی ہیں...... پھر وہ دیکھتا ہے کہ نہیں وہ ہوسٹل چلی گئی ہے بچی کو بھی ساتھ لے گئی ہے۔ صرف بھابھی اُداس اور مغموم سیڑھیوں پر بیٹھی اس کا انتظار کر رہی ہیں ......وہ خاموشی سے ان کے پاس سے گزر کر اندر جا کر چار پائی پر ڈھے جاتا ہے۔ بھابھی اس کے پیچھے پیچھے آتی ہیں۔ اس کے سرہانے بیٹھ کر اس کے بال سہلاتی ہیں۔ اسے تسلی دیتی ہیں کہ اس کے بیوی بچی واپس آجائیں گی جیسے بھی ہوگا بھائی صاحب انہیں جا کر لے آئیں گے......اچانک وہ اٹھ کر بیٹھ جاتا ہے اور بھابھی کو بتا دیتا ہے کہ کیسے وہ گاڑی سے کٹنے سے بال بال بچ گیا ہے ۔ بھابھی کانپ اٹھتی ہیں اور اسے باہوں میں بھر کر سینے سے لگا لیتی ہیں اسے محسوس ہوتا ہے کہ بھابھی کا سینہ کچھ ڈھلک آیا ہے۔ لیکن اسے بڑی راحت ملتی ہے وہ اپنے آپ کو ڈھیلا چھوڑ دیتا ہے اور نہایت اطمینان سے آنکھیں بند کر لیتا ہے اچانک وہ مطمئن ہو کر اُٹھتا ہے دھوتی کی لانگ ڈھیلی ہو کر نیچے لٹک آئی ہے غیر شعوری طور پر جیسے کہ اس کی عادت ہے وہ بائیں پیر سے اسے اوپر اچھال کر پیچھے کھونس لیتا ہے اور آہستہ آہستہ گھر کی طرف واپس چل پڑتا ہے......

☆☆

رام لعل

پکھیرو

کسی سے ایک عرصے کے بعد اچانک مل جانے سے اچنبھا تو ہوتا ہی ہے۔لیکن ایوا براؤن سے چونکہ پھر کبھی ملنے کا امکان نہیں تھا اس لئے ہندوستان سے ہزاروں کلومیٹر دور اسٹاک ہوم کی ایک مضافاتی لائبریری میں اُسے دیکھ کر حیران سا رہ گیا۔

یہ واقعہ ۴ ستمبر ۱۹۸۵ء کا ہے۔اس سے میری ملاقات ۱۳ سال پہلے ایک ٹورسٹ لاج میں ہوئی تھی۔اب وہ سکتونا کیون کی پبلک لائبریری میں کتابوں کے ایک ریک کے پاس فرش پر پیروں کے بل بیٹھی تھی۔اس کے پاس سے گزرتے وقت میں نے اُس کے طرف خاص دھیان نہیں دیا۔اس لئے کے وہ پشت سے سوئیڈن کی ان ہزاروں گوری چٹی لڑکیوں جیسی ہی نظر آتی تھی جن کے سنہرے یا ریتیلے بال اگر باؤنہیں ہوتے تو ان کی پیٹھ یا گردن کے آس پاس یقیناً جھول رہے ہوتے ہیں۔

اچانک کچھ میگزین اوپر کے خانے سے پھسل کر ایوا براؤن کے اوپر آگرے تو وہ بوکھلا کر چیخ اٹھی اور میں جاتے جاتے پلٹ کر بھاگتا ہوا اس کے پاس پہنچا۔اس کی مدد کے لئے میں نے فرش پر بکھرے ہوئے میگزین اُٹھانا چاہا تو ہم ایک دوسرے کی طرف دیکھتے رہ گئے۔

حافظے کے کمپیوٹر ماضی وحال کی کئی مسافتیں آناً فاناً طے کر کے جب ساکت ہو گئے تو ہم بے اختیار ہنس پڑے۔میں نے بڑی بے تکلفی سے اسے اس کے نک نیم سے ہی مخاطب کرتے ہوئے پوچھا ____ "تم ایوا ٹوکنی تھری ہو نا؟"

اس نے میرے ساتھ ہاتھ ملاتے ہوئے کہا ____ "بے شک ایوا ٹوکنی تھری۔اور مجھے وہ ملاقات بھی اچھی طرح یاد ہے جب انڈیا میں میرے ٹریولنگ چیک گم ہو گئے تھے۔لیکن افسوس

تمہارا نام یاد نہیں آرہا ہے۔ شاید تم!"

پھر وہ شرمندہ سی ہو کر ہنس پڑی ____ "آئی ایم سو ساری! اوہ، میری یادداشت کتنی کمزور ہونے لگی ہے۔ اگر چہ بڑھاپا ابھی بہت دور ہے مجھ سے! کیا یہ صحیح نہیں ہے؟"

میں نے اس کے طرف گہری نظروں سے دیکھا۔ وہ اب پچیس چھبیس سال کی سرخ و سفید اور شاداب لڑکی نہیں رہ گئی تھی۔ جیسا کہ میں اُسے پہلی بار اپنے ملک میں دیکھ چکا تھا۔ لیکن چالیس سال کے قریب پہنچ کر بھی وہ ایک تندرست دل کش شخصیت تھی اور مجھے یک بیک یہ بھی یاد آیا کہ وہ سوئیڈش نہیں تھی بلکہ وہ پیرس میں اپنے بیکر ماں باپ کے یہاں پیدا ہوئی تھی جو اپنی مادری زبان فرانسیسی تو بڑے فرّانے سے بولتی ہی تھی لیکن اس کی انگریزی خاصی کمزور تھی۔ اسے بعض معلومات میں نے اس کے عالمی زبانوں کی ایک کام چلاؤ جیبی ڈکشنری کی مدد سے بہم پہنچائی تھیں اور وہ جے شنکر کو شے شنکر کہا کرتی تھی۔ اُس کے اس غلط تلفظ کے لئے اُس کا مذاق بھی اُڑاتا تھا لیکن کوشش کرنے کے باوجود "ج" کی صحیح آواز اُس کے حلق سے نہیں نکل پاتی تھی۔

میں نے اسے اپنے نام کا پہلا حرف بتایا تو اُسے میرا پورا نام فوراً یاد آگیا۔ پھر وہ میرے ہاتھوں سے اُٹھائے ہوئے میگزین لے لے کر انہیں اُن کی مخصوص جگہوں پر رکھتی ہوئی بولی۔ "رام! اس کام سے نپٹ لوں تو تم مجھے ریستوراں میں لے چلو بہت ہی قریب ہے پوسٹ آفس اور بینک کے بیچ میں۔ اگر چہ بہت بھرا رہتا ہے لیکن ہم اپنی اپنی بیئر اٹھا کر باہر بینچ پر جا بیٹھیں گے۔ تمہیں کہیں اور تو نہیں جانا؟ ساری، میں یہ پوچھنا تو بھول ہی گئی، تم مجھے کتنا وقت دے سکو گے؟"

میرے جواب دینے سے پہلے ہی وہ اپنے کام سے فراغت پا گئی۔ اپنے پرس میں سے ایک کاغذ کا ایک رومال نکال کر ناک کی نمی پونچھتی ہوئی بولی۔ "چلو میں تمہارے بارے میں بہت سی باتیں پوچھوں گی۔"

ریستوراں میں واقعی بہت بھیڑ تھی جیسا کہ اُس نے کہا تھا اور ہم سڑک کے کنارے ہی ایک

بینچ پر جا بیٹھے جس کے ایک کونے پر سُرخ چہرہ اور گہرے سیاہ بالوں والی ایک بلغارین جیسی عورت اپنے بچوں کو آئس کریم کھلا رہی تھی۔

میں نے کہا ــــــ ایوا ٹولکٹی تھری، میں یہاں اپنے کتاب کے پبلشر کے دعوت پر آیا ہوں۔ اُس کی تعارفی تقریب کی تاریخ ابھی مقرر نہیں کی گئی ہے اس لئے کئی روز اور قیام کر سکتا ہوں۔لیکن تم سے یہاں مل جانے کی تو قطعاً کوئی امید نہیں ہو سکتی تھی۔"

"اِس دنیا میں اب سب کچھ ممکن ہے کیوں کہ یہ بہت چھوٹی ہو گئی ہے۔"

اُس نے میری مسرت وحیرت کی ملی جلی کیفیت کو بالکل نظر انداز کر دیا جس سے ابھی تک میں مغلوب تھا۔

"اچھا یہ بتاؤ، تم مجھے ابھی تک ایوا ٹولکٹی تھری کہنے پر کیوں مصر ہو؟ مجھے خوب یاد ہے میں شملا والا لاج کے ۲۳ نمبر کے کمرے میں ٹھہری ہوئی تھی۔تم بھی پاس پڑوس کے کسی کمرے میں رُکے ہوئے تھے۔ہاں، یاد آ گیا، میں ہی اپنے چیک چوری ہو جانے کی بعد رو رو کر اس بات کو کوستی تھی کہ میرا روم نمبر ۲۳ ہی بڑا منحوس ہے۔اور تم نے میرا غم غلط کرنے کے لئے یہ نام مجھے دیا تھا۔خیر، میں واقعی کچھ خوش ہو گئی تھی۔ مجھے یاد ہے تم نے تھوڑا سا قرض بھی مجھے دیا تھا جس کی بدولت میں نئی دہلی پہنچ سکی تھی لیکن اب اس واقعے کی میرے لئے کوئی اہمیت نہیں رہ گئی ہے۔ایسا ہو بھی کیوں؟ ہم دوسری باتیں کریں۔"

اس واقعے کی اب سچ مچ کوئی اہمیت نہیں رہ گئی تھی جے شنکر نام کے جس لڑکے کے ساتھ اُس نے پہلی بار چرس کے سٹے لگائے تھے وہی اس کے پرس میں سے پانچ سو ڈالروں کا سفری چیک اُڑا کر غائب ہو گیا تھا۔ایوا نے اپنے ملک کے بینک کو ٹیلیکس بھجوا کر نئی دہلی کے فرانسیسی سفارت خانے کی معرفت ایک ڈرافٹ منگوالیا تھا۔اور دہلی پہنچتے ہی مجھ سے ادھار لی ہوئی رقم مجھے منی آرڈر سے لوٹا دی تھی۔دو اجنبیوں کی اتنی سی ملاقات کی اگر کوئی اہمیت ہو سکتی تھی تو وہ یہی تھی کہ ہم نے ایک دوسرے کو یاد رکھا تھا اور اب ہم پھر سے ساتھ ساتھ بیٹھے باتیں کر رہے تھے۔

''لیکن تم یہاں کیسے، کیا اپنا ملک چھوڑ چکی ہو؟''

''نہیں نہیں میں اپنے پیارے ملک کو خیر آباد کیسے کہہ سکتی ہوں! مر نہیں جاؤں گی؟ پیرس تو میرا محبوب ہے۔ بعض تو اُسے دیکھے بغیر ہی اُس پر فدا ہو جاتے ہیں۔ بس تعریف ہی سن کر۔ میری رگ رگ میں اُسی کا خون دوڑ رہا ہے بھئی۔ یہ بات الگ ہے کہ میں اُسے چاہنے کے باوجود اُس سے دور رہنا چاہتی ہوں۔ اسے آپ میری انفرادی یا انسانی فطرت کا نام دے سکتے ہیں۔ میں اپنے اندر کی اس شدید خواہش کو بھی نہیں دبا سکتی کہ دیس بدیس بھٹکتی پھروں۔ دنیا بھر کے لوگوں کو اپنی آنکھوں سے دیکھوں اور سمجھنے کی کوشش کروں۔ اُسے آپ میرا جنون کہہ سکتے ہیں لیکن میں جہاں جہاں گئی ہوں ایک نئے ایڈونچر کا احساس ہوا ہے مجھے۔ سب جگہ لوگ اچھے نہیں ہیں۔ سب جگہ بُرے لوگ بھی نہیں ہیں۔ میرے ملک میں بھی ایسا ملا جلا ہجوم ہے۔ لیکن جیسے موقعے مجھے مغرب میں رہ کر کام کرنے کے مل جاتے ہیں ویسے مشرقی ملکوں میں نصیب نہیں ہوتے مجھے معلوم ہے یہ بہت ہی پسماندہ ملک ہیں وہ اپنے کروڑوں لوگوں کو ملازمتیں نہیں دے سکتے تو ہم جیسے سفری پرندوں کو کیوں کر دیں گے؟ اور وہ بھی عارضی اکیوں دیں؟ اس بات مجھے شکایت کرنے کا کوئی حق نہیں ہے۔ بس یوں ہی کہہ گئی ہوں۔ بُرا مت ماننا۔ میں مشرق سے کئی دوسری وجھوں سے بھی پیار کرتی ہوں۔''

''اچھا یہ بتاؤ، تم یہاں کتنے دنوں کے لئے اور ہو؟ کوئی جاب وغیرہ کر رہی ہو؟''

''فی الحال میرے پاس ایک مہینے کے لئے کام ہے'' سوشل ڈپارٹمنٹ کی ایک لڑکی چھٹی پر ہے اُسی کی جگہ کام کرتے ہوئے دو مہینے تو بیت ہی چکے ہیں، اچھا تم بتاؤ، تمہارا قیام کہاں ہے؟ وہاں کا فون نمبر دے سکتے ہو؟ کیا میں تمہیں فون کر سکوں گی؟ میرا نمبر تو تم نوٹ کر ہی لو۔ یہ میرے بوائے فرینڈ کا ہے۔ اُسی کے ساتھ رہ رہی ہوں۔ آج کل وہ ایک جزیرے پر اپنی ماں کے پاس گیا ہوا ہے۔ بیچاری بوڑھی پچھلی سردیوں میں برف پر پھسل گئی تھی۔ اس کی ایک ٹانگ پلاسٹر میں ہے۔ کل فریڈی کا فون آیا تھا۔ اگلے ہفتے لوٹنے کی کوشش کرے گا۔ جب اُس کی ماں کے اپاہج لوگوں

کے ہسپتال میں رہنے کے کاغذات مکمل ہو جائیں گے۔ خیر، اب تم میرا ساتھ دو تو ہم ذرا ایک اسٹور سے بھی ہو لیں۔ کچھ کھانے پینے کی چیزیں خریدنا ہیں مجھے کیا تم میری مدد نہیں کرو گے رام؟''

وہ جلدی جلدی باتیں کرنے کی عادی تھی جو بے حد من لبھاونی بھی تھیں۔ اس کی شخصیت کا ایک گن یہ بھی تھا کہ دوسروں کو اس کی مدد کرنے کے لئے فوراً اپنے بس میں کر لیتی تھی۔ یوں بھی میں کچھ دیر اُس کے ساتھ رہنا چاہتا تھا۔ کئی روز کے بعد اپنے میزبانوں کے کونٹی ہاؤس سے نکلنے کا ایک سنہرا موقع مل گیا تھا اور اتفاق سے باہر آتے ہی ایوا براؤن سے ملاقات ہو گئی تھی۔ وہ بھی میری رفاقت سے بور نہیں ہو رہی تھی۔ اسی لئے جب وہ اسٹور سے اپنے دونوں ہاتھوں میں پلاسٹک کے پھولے ہوئے تھیلے اُٹھائے بس میں سوار ہونے کے لئے جلدی جلدی سڑک کی طرف چل دی تو میں کھلے آسمان کے نیچے اسی کے بارے میں ایک بینچ پر بیٹھا سوچتا سا رہ گیا۔ شملہ سے روانہ ہونے سے پہلے اُس نے مجھے ہندوستان کے کچھ قابل دید مقامات کے بارے میں پوچھا تھا ، اور میں نے اُسے بہار میں واقع نالندہ کے کھنڈرات اور مہاراشٹر کی اجنتا اور ایلورا کی صدیوں پُرانی گپھاؤں کے بارے میں نہ صرف تفصیل سے بتایا تھا بلکہ اس کی ڈائری میں اُن جگہوں تک پہنچنے کے لئے ریل اور سڑک کے راستے تک بنا کر دے دیئے تھے۔ اچانک ٹرین حرکت میں آ گئی اور وہ بڑبڑا کر ویٹنگ روم سے بھاگی بھاگی اپنے کمپارٹمنٹ تک پہنچی تھی۔ اسی گھبراہٹ اپنی ڈائری بھی اٹھانا بھول گئی تھی جسے میں نے گاڑی چھوٹ جانے کے بعد دیکھا۔ میں نے اُس میں سے اُس کا پتہ تلاش کرنا چاہا لیکن اُس نے تو کسی جگہ اپنا نام تک نہیں لکھا تھا۔ بیشتر صفحات پر فرانسیسی زبان میں ہی بہت کچھ لکھا تھا۔ کسی کسی جگہ اُس نے خاکے بھی بنا رکھے تھے۔ ایک جگہ بیچ کے دو صفحات پر پھیلا ہوا چوڑا سا بنایا گیا تھا جس میں انسانی کھوپڑیاں مندر بدھ کی مورتی، میز پر شراب کے بوتلیں اور گلاس بے چہرہ لوگوں کے ہجوم اور ہاتھی اور گھوڑے اور مزاروں کے علاوہ دو انسانی اسکیچ بھی شامل تھے جن میں ایک تو اُس کا اپنا تھا۔ کھلے کھلے جھولتے ہوئے بال اور حیرت زدہ آنکھیں۔ دوسرا اسکیچ شاید اُس کے کسی ہم سفر بوائے فرینڈ کا ہوگا۔ جس کے چہرے پر صرف

داڑھی تھی مونچھیں نہیں تھیں ۔ بہت عرصہ بعد ایک فرنچ جاننے والے سے میں اُس کی ڈائری پڑھوا سکا تو پتا چلا کہ وہ یوروپ کے باہر ترکی، کویت، افغانستان، پاکستان، ہندوستان اور نیپال تک میں گھوم آئی تھی۔ اُس کے تاثرات پڑھ کر مجھے ایک حساس مغربی لڑکی کا ذہن سمجھنے میں بڑی مدد ملی جو آرٹسٹ ہونے کے علاوہ شاعر بھی تھی۔

ایک آدمی دیکھا جو پہاڑ جیسا ہے تبھی ہزاروں میل دور سے وہ پھر پکارتا ہے
اُسے نام لے لے کر پکارتا ہے اسے اپنے قریب دیکھنا چاہتا ہے
اُسے یقین ہے اُس کی آواز سن سکتی ہے اُداس ہے اُس کے بنا
لیکن وہ اپنی آزادی برقرار رکھنے کی بھی خواہش مند لیلاٹس کی مانند ہے۔
اگر چہ اُس کا دل بھرا ہوا ہے لیکن وہ کھوکھلا ہے وہ بھی آزادی برقرار رکھنا چاہتا ہے۔

استنبول پہنچنے کے لئے پہلے تو ایک کشتی میں لفٹ ملی پھر ایک لاری میں جگہ مل گئی۔ انٹرنیشنل تجارتی میلے کی وجہ سے کسی ہوٹل میں جگہ پانا مشکل ہو گیا، آخر ایک وکٹورین سرائے نما ہوٹل میں خود کو دھانسنا پڑا سیلوں کے پردے گہرے رنگ کے تھے ۔ اور لمبے لمبے صوفے آمنے سامنے کی قطاروں میں رکھے ہوئے۔ کرائے میں بریک فاسٹ شامل تھا۔ کھانے اور ڈرنکس کے لئے خرچہ الگ دینا پڑتا تھا۔ شاور گرم اور بیڈ آرام دہ۔ سیر گشتی کرنے مارکیٹ میں نکلی تو ترکی کا بازار دیکھتے ہی اُس پر عاشق ہوگئی۔ تنگ و تاریک گلیاں، جوتے مرمت کرنے والے موچی، بیامی بلبلیاں، سمندر کا دلکش ساحل۔ واپس آتے ہی ٹوٹ کر سوگئی۔

''اگلے روز ایک بس سے سفر، جو پہلے تو ایک غلط سڑک پر پڑ گئی، پھر لوٹ کر صحیح سمت میں روانہ ہوئی میرے دو ہم سفر فرانسیسی تھے، جیکب اور سوزا۔ وہ کویت جا رہے تھے۔ لاری کا ڈرائیور انگریزی میں فرانسیسیوں کو کوس رہا تھا جب اسے معلوم ہوا ہم فرانسیسی ہیں تو معذرت خواہ ہونے لگا۔ میں نے غصے سے کہا، تمہاری یہ معذرت میں قبول نہیں کروں گی۔ تمہیں کسی وجہ سے واقعی کوئی

دکھ پہنچا ہوگا اس کے بعد ہم دوست بن گئے۔ اُس سے میں نے ایک دیسی سگریٹ بھی قبول کی۔

''قصبے کی ایک خاص گلی، ڈھلوان پر بنی ہوئی دکانیں، طرح طرح کا سامان، پلاسٹک کے جوتے، ٹوپیاں پلیٹس، پھل، کیا میں مکمل طور پر آزاد فرد ہوں؟ شاید نہیں۔ کم سے کم ان معنوں میں ہرگز نہیں جن معنوں میں بدھ یا صوفی ہوسکتا ہے۔ اعتراف جرم اکثر بنیادی اسباب کے پیشِ نظر کیا جاتا ہے۔ مثلاً سیکس کی ارج (urge) سے کسی دوسری جانب موڑ کر ایک جواز پیدا کرلیا جاتا ہے ماحولیاتی اسباب کے محرکات کو واضح طور پر سب لوگ نہیں سمجھ سکتے کہ اُن کی حقیقی نوعیت کیا ہے! زیادہ تر لوگوں کے بھیجے میں ایک پُر اسرار قسم کا منصف موجود ہوتا ہے جو خود اپنی شب خونی حرکات کی وجہ سے ایک کنفیوژن میں مبتلا رہتا ہے۔

''بنارس کے گھاٹ پر ایک عورت گنگا میں پتھر کی ایک چھوٹی سی مورتی نہلانے کے لئے آئی ہے۔ اوپر حد تک نیلا آسمان محیط ہے۔ اُس سے میں مورتی کے بارے میں پوچھتی ہوں۔ وہ دونوں بازوں پھیلا کر اپنی زبان میں کچھ کہتی ہے میں کچھ بھی نہیں سمجھ پاتی۔ یاتریوں کے پیروں کے ساتھ گنگا کا پانی سیڑھیوں تک آیا ہوا ہے۔ بھاری بھاری کولہوں والی عورتیں بار بار ڈبکیاں لگاتی ہیں۔ پانی کی لہریں چکر کھا کھا کر سیڑھیاں چڑھنے لگتی ہیں۔ ان کے کالے پیلے اور لال رنگ کے لباسوں میں گھیرے دار اسکرٹ (پیٹی کوٹ) بلاؤز شامل ہیں جن پر بیل بوٹے کاڑھے گئے ہیں۔ یہ کام مغرب پر سبقت لئے ہوئے ہے۔ اُن کی گہری سیاہ آنکھیں دھوپ میں چمک چمک اُٹھتی ہیں۔ اُن کے کالے کالے بھیگے ہوئے لمبے لمبے گیسو اُن کے کاندھوں اور گردن کے آس پاس بکھر بکھر جاتے ہیں۔

ایک بھیڑ بھاڑ والی پتلی گلی، لکڑی کے بے شمار کھوکھے، کالے فریم کی ہزار ہا سائیکلیں اور رکشے، لکڑی اور پتھر کی بنی شوا اور گوتم کی مورتیاں برائے فروخت۔ ایک بچہ سیڑھیوں والی گلی میں کھیل رہا ہے۔ اس کا جنم بھی شاید انہی سیڑھیوں پر ہوا ہوگا۔ کچھ لوگ رام نام ست ہے کہتے ہوئے قریب سے گزرے۔ اُن کے کاندھوں پر سادہ کپڑے میں لپٹی ہوئی ارتھی ہے جس پر گیندے کے

پھول پڑے ہیں۔کوئی ماتم نہیں۔کسی اور دکھ کا اظہار نہیں،موت اسی سکے کا دوسرا رُخ ہے۔ہرگھٹ پر مردے کوایک چتا پر رکھ دیا جاتا ہے پھر آگ لگا دی جاتی ہے بچے وہاں بھی کھیل رہے ہیں۔گاڑھے دھوئیں میں انسانی چربی جلنے کی تیز بو شامل ہوگئی جو آگ کی لپٹوں میں سے نکل نکل کر آسمان کی طرف جا رہا ہے۔

''ایسا لگتا ہے،میں نے پچیس سال کی عمر میں اپنی آدھی زندگی گذار لی ہے اگر چہ اجتماعی زندگی پورے جوش وخروش سے میرے سامنے بہہ رہی ہے۔مختلف مذہبی احکامات کے بیچ میں سے ہوکر،جن کا کوئی باہمی تعلق بھی ضروری ہے۔یہاں انسان کی ایگو اپنی مناسب جگہ پر ہے۔ایک طرف اسٹوپا ہے،بہت اونچا ہے۔اس کے پاس پورے احترام کے ساتھ جاؤ کیا ہم اُن کی دنیا کو ٹھیک طرح سمجھ سکتے ہیں؟ کیا ہم پوری دنیا کو سمجھ سکتے ہیں؟ جس کے ساتھ ہم وابستہ ہیں اور وابستہ نہیں بھی ہیں۔خدا ایک چیچک زدہ چہرے کی آنکھوں میں بھی چمک رہا ہے۔یہاں حسن کی تجارتی سطح پر کوئی قدرو قیمت نہیں ہے۔کھال کی گہرائی تک بھی اتری ہوئی نہیں محسوس ہوتی لیکن یہ اپنا راستہ خود بناتی ہوئی چل رہی ہیں،دکھ کا احساس یہاں سب کو ہے لیکن اُسے بڑے صبر ووقار کے ساتھ برداشت کرلیا جاتا ہے۔ایک محدود زندگی،ایک محدود موت،حیات بعد از مرگ جس کے بارے میں مغرب کا بھی ایک نقطۂ نظر ہے،یہاں دکھ کا احساس اتنا سکوت آمیز کیوں ہے؟ شاید اسی وجہ سے اتنی آسانی سے قابلِ برداشت بن جاتا ہے(جیسے یہ بھی خدا کے ہی منصوبے میں شامل ہو) ہزاروں خیالات کی تکرار ہوتی ہے جس طرح دھوپ کی کرنیں ایک دوسرے میں مدغم ہوتی رہتی ہیں۔ان میں گرد وغبار کے طوفان بھی اُٹھ اُٹھ کر شامل ہوتے رہتے ہیں جن کا رنگ سنہرا ہوتا ہے اور کی چمک دمک آنکھوں کو خیرہ کردیتی ہے۔بے شمار مکانوں اور تنگ وتاریک گلیوں کے اوپر بھی وہی آسمان چمک رہا ہے۔اوپر اُٹھیں تو یہ سب نیچے اور پیچھے رہ جاتا ہے اور ہم ہر طرف پھیلے حسن کے سحر میں کھو جاتے ہیں۔جہاں دیو قامت پہاڑ ہیں۔اور ایک دوسرے کے قریب قریب اور کھڑے اور برف پوش۔

میرے سامنے پھولوں کی ایک دکان ہے پیلے پیلے پھولوں سے بھری ہوئی۔ یہ پیلے پھول انسان کی بنیادی ایمانداری جیسے نظر آتے ہیں۔ بڑے بڑے ہندوستانی پھل، انگور کے گچھے، یہاں بھی یہ رس سے بھرے ہوئے ہیں۔ بلکہ ہماری دنیا سے کچھ زیادہ ہی۔

''نمستے''

''ہیلو ہیلو''

''بائی بائی''

اور ایک پُر امید مہین آواز ___ پیسہ، پیسہ، پیسہ، پیسہ! ایک ایسی گردان جس کے سامنے سپر ڈالتے ہی بنتی ہے۔ چھوٹے چھوٹے بچے قطار در قطار، ان کی معصوم پھیلی پھیلی آنکھیں، ان کے سیاہ جسموں پر جڑی ہوئے بے شمار آنکھیں۔

''آج تڑکے اُٹھ کر پورے دن کو اُگتے دیکھا۔ ایک اوسط دن کی روئیداد۔ نیپال کی ہپی کالج میں بارہ بجے جاگی۔ کپڑے دھوئے، پنیر ٹماٹر آملیٹ ٹوسٹ اور شہد اور کافی کے ساتھ ناشتہ، تین روپے پچاس پیسے میں، ڈاک خانے میں جا کر معلوم کیا ڈیڈی کا خط آیا ہوا رکھا تھا۔ چلتے چلتے ایک ملک بار کے سامنے پھر رُک گئی۔ دودھ کا ایک گلاس پیا۔ دو سو گرام پنیر بھی کھایا۔ وہیں جارج اور مونیک بھی مل گئے جو پشوپتی ناتھ مندر جا رہے تھے۔ وہاں سے لوٹے تو لیف اور دوسرے لوگ مل گئے۔ وہ سب محل دیکھنے جا رہے تھے۔

''دو لیمو خریدے، دو پہاڑوں کے پیچھے سورج کو غروب ہوتے دیکھا۔ اچھا لگا۔ کالج میں واپسی ٹورسٹوں کے ساتھ گپ شپ۔ پھر چائے خانے میں۔ ٹوسٹ، شہد اور چائے۔ بستر لپیٹ کر لیف کے ساتھ پھر چائے خانے میں۔ اُسے وہیں چھوڑ دیا اور ان ایڈن (INN EDEN) گئی۔ لیکن وہ دن بھر کے لئے بند تھی اپنی چوڑی پچیس روپیوں میں بیچ دی۔ گلیوں میں بے مقصد گھومتی پھری۔ اچانک ایک سنگتری رنگ کی بشرٹ بھی سو روپے میں دے دی۔ اس کے بعد مندر کی طرف۔ وہاں لیف مل گیا۔ ہم دونوں پہلے ہنگری آئی (HUNGRY

(EYE) گئے۔ وہاں سے میں اکیلی ڈریگون (DRAGON) پہنچی چاؤمن، ٹماٹو سوس، پنیر، ٹوسٹ اور موسیقی بھی سنی۔ پھر باہر آ کر کچھ بسکٹ خریدے۔ رات کافی سرد تھی۔ کافی دیر بھی ہو گئی تھی۔

میں روز ہی مرتی ہوں اور پھر پیدا ہو جاتی ہوں۔ تجسیم کے ایک نئے شعور کے ساتھ، پرانے جسم کو خیر باد کہہ کر نئے جسم میں داخل ہو جاتی ہوں۔ ہندوستان میں زندگی کی کوئی قیمت نہیں ہے۔ کیا انشورنس کا محکمہ معاوضہ ادا کرے گا؟ جب اسے لکھا جائے گا، ڈیر سر، میری ایک ٹانگ بنارس میں ایک بھینس نے اپنے بائیں سینگ کے ساتھ بالکل کچل دی تھی۔ جواب آجائے گا، آپ کو زحمت اٹھانا پڑی اس کے لیے دلی معذرت، یہ عجیب دنیا ہے جہاں سانولے رنگ والے لوگ بنا ٹائر ٹیوب کے بھی رکشا دوڑاتے لے جاتے ہیں۔ اور گرد آلود بارش میں بھیگتے بھی جاتے ہیں اور جہاں ایسے خطوط اپنے افسر کے سامنے، ٹائپ کر کے پیش کرنے کا کوئی رواج نہیں جس کے بائیں طرف پونے دو انچ کا حاشیہ بھی چھوڑا جاتا ہو۔ کیا انہیں معلوم ہے اسی کرۂ ارض پر ان کی جیسی ایک اور دنیا بھی بستی ہے جہاں لوگ زیادہ آزاد ہیں اور ساٹھ سے دو سو ڈالر تک دے کر پوری شان سے بیڈ پر سوتے ہیں؟ یہاں تو بس بھیڑ ہے اور گائیں ہیں اور بے پناہ شور ہے جو ان کے اوپر سے رات کی ہوا کی طرح گزر جاتا ہے۔ عام آدمی کی ہیئت اسی قسم کی ہے کہ وہ ہر بات کو بھگوان کی مرضی سمجھ کر بڑی خاموشی سے قبول کر لیتا ہے۔

''لندن کا پل گر رہا ہے۔ اب تک ایک دوسرا پل قریب ہی میں بنا دیا جانا چاہئے تھا تاکہ ندی بہتی رہے۔ شوا کے مندر کے پاس سے ہو کر۔ بہت سے بندر اچھلتے کودتے پھرتے ہیں۔ لال رنگ کی بسیں مسافروں سے بھری ہوئی ہیں، میم صاحب، یو لائیک چائے؟ یو کم اِن مائی نائس ریستوراں، یو، ہیو گڈ، فوڈ ہیر MEM SAAB YOU LIKE? YOU COMEIN/ NICE RESTAURANT, YOU HAVE GOOD FOOD HERE, اور آگے کسی گلی میں کوئی میرے ساتھ ساتھ چلتا ہوا سرگوشی کرنے لگتا

ہے، یو وانٹ چینج منی؟ YOU WANT CHANGE MONY? یہ لوگ شکاگو کے گینگسٹروں (GANGESTERS) والے لہجے میں کیوں پوچھتے جب کہ انگریزی بول سکتے ہیں؟ اور آگے کسی گلی میں بلیک مارکیٹ ہے۔ جیسی کابل میں تھی۔ جیسے یہ سب ایک ضابطے کے مطابق کیا جارہا ہو، لیکن یہ جگہیں مویشیوں کا میلہ کیوں معلوم ہوتی ہیں؟ بیچوں بیچ ایک چوکی دار کو میدان، آس پاس بنے ہوئے چھوٹے چھوٹے کو چوکور کمرے اور مسکراتے ہوئے چہرے، نو ناٹ ٹوڈے، تھینک یو، (NO, NOT TODAY, THANK YOU) رکشے پاس سے گذر جاتے ہیں اور اور اکثر ٹریفک بند ہو جاتا ہے۔

اپنے ماضی سے کٹ جانا کیسا لگتا ہے؟ ۔اس زندگی کے مقابلے میں جونز: یک بھی ہے اور بھلی لگ رہی ہے۔ حال مجھے اپنی لپیٹ میں لیے ہوئے ہے اور ختم کر دینا چاہتا ہے۔ میں ہر منٹ میں مرتی ہوں ٹوٹ پھوٹ کر رہ جاتی ہوں نیچے کی ایک اور گلی میں بھیڑ کے ساتھ بہہ نکلتی ہوں۔ اس کا گلی کا اپنا مالک ردم (RHYTHEM) ہے۔ اپنا راگ جو میں سن سکتی ہوں۔ بار بار ہارن کی پوں پوں سننا اور دکانداروں کی حرکتوں سے لطف اندوز ہونا۔

"بریک فاسٹ ۶۰/ر رکشا ۵۰/ر بمبئی کا ٹکٹ ۔/۲۵، بریڈ ۶۰/۰، مونگ پھلی ۳۵/۰، سنترے۔ ار بسکٹ ۴۰/۰، چائے ۲۵/۰، سگریٹ ۴۰/۰، (۵۰-۳۰) ناریل ۳۰/۰، دیسی کھانا ۵۰/۱، کافی ۶۰/۰، ٹوسٹ ۳۰/۰ (۲۰-۷)

"میں ان پورنا نہیں جا سکی۔ جب پندرہ سال کی تھی تب سے اس کے خواب دیکھ رہی تھی۔ اس پہاڑ کے بارے میں کتابوں میں پڑھا کرتی تھی اور اس کے دشوار گزار راستوں کے بارے میں سوچا کرتی تھی۔ وہاں جو بھی پہنچ سکا، لوٹ کر اس نے اس کے بارے میں کچھ نہ کچھ ضرور لکھا۔ اکثر من گھڑت کہانیاں۔ مجھے اپنے کیمون کی لائبریری سے دستیاب ہونے والی وہ ساری کتابیں اب تک یاد ہیں۔ آج میں نے شمال مشرق کی طرف سر اٹھا کر دیکھا۔ سیکڑوں میل دور تک، کہیں پر نیلا کہرا چھایا ہوا تھا جس کے پیچھے ان پورنا او جھل تھا پھر بھی اتنا ہی کافی لگا۔ بار بار اچھلتی کودتی لاری

میں بیٹھ کر اسے پورے سکون سے نہیں دیکھا جاسکتا تھا جو ہزار فٹ اونچا اور دو سو میل دور تھا نیچے بہت گھنا جنگل تھا۔ اونچے اونچے ایستادہ صنوبر کے پیڑوں سے بھرا ہوا۔ کہیں کہیں میدان بھی تھے۔ جن میں اونچے اونچے گنے اُگے ہوئے تھے۔ ان پر کتنی بار برفیلی چٹانیں پھسل پھسل کر گری ہوں گی، انہوں نے کتنی بار برف باری دیکھی ہوگی! اتنی اونچائی پر بھی یہ ہریالی کتنی مثالی لگتی ہے، جھاڑیاں، جھنڈ کے جھنڈ بناتی ہوئی۔ بیچ در بیچ راستوں سے ہوتے ہوئے اچانک دھوپ میں پہونچ جاتے ہیں۔ کہیں نیپال ہی ایک ایسا ملک ہے جسے صرف جانا جاسکتا ہے میں یہاں پیدل چلنے کی کتنی آرزو مند ہوں! ہفتہ بھر شاید ایک دو مہینوں تک ایسا کرسکتی ہوں۔ ان وادیوں سے ہوکر پہاڑ تک پہنچنے کے لیے پھر واپس آؤں گی"۔

ایک صفحے پر اسکینڈے نیوین زبان میں کچھ لکھا تھا۔ بعض الفاظ نارویجین اور سویڈش بھی لگے۔ شاید وہاں کی زبانیں سیکھنے کی کوشش بھی کرتی رہی ہے۔ ہندی اور اردو میں بھی یہ مشق کرتی رہی ہے۔ سلام علیکم، سلام، نمستے، تھینک یو، مہربانی، اچھا ہے حقہ، بس نو، ٹھنڈی (ٹھنڈی گرم الف، ب، پ، ت، ث، ج، چ، ح، خ۔

"استنبول سے ٹرین ایزے رم سے لوکل بس۔ پانچ پونڈ میں سستا پڑے گا یہ سفر۔ وہاں سے آگری (کوراقوم) رات شاید ہیں گزارنی ہوگی۔

"آگری، ڈوگو بیاضوت، وہاں سے بارڈر کی جانب تبریز کے لیے بس۔ بس یا گاڑی سے تہران۔ مشہد کے لیے ٹرین۔ کوئی بھی براہ راست سواری ہرات، قندھار کے لیے۔

"خریدنا ہیں۔ (یاداشت) موم بتیاں، پوسٹ کارڈ، سلک، المونیم کا گلاس اور خطوط لکھنا ہیں۔ ممی ڈیڈی کو،پپ اور مائیک اور مریم کو۔

"پشاور سٹی اسٹیشن پر لوگ. بہت خوبصورت لگے۔"

ایوا براؤن نے مجھے ایک ہفتے کے بعد فون کیا۔ بولی____ "آج کہیں چلنے کا پروگرام بناؤ

رام۔ میں بے حد تنہا محسوس کر رہی ہوں۔ فریڈی نے اپنی چھٹی بڑھالی ہے، اس کے اپاہج ماں کا انتقال ہوگیا ہے۔ وہ اُس کی تدفین کے انتظامات میں مصروف ہے۔ مجھے بھی بلایا ہے۔ لیکن میں نے اُس کے پاس جانے سے معذرت کر لی ہے۔ میں ایسے غمزدہ ماحول میں کیوں جاؤں؟ تم آجاؤ تو ہم کسی پب میں جا بیٹھیں گے۔ باتیں کریں گے۔ میں خوش ہونا چاہتی ہوں۔ سچ! تم دیکھنا، تم دیکھنا، تھوڑی دیر کے بعد میں کھلکھلا کر ہنس پڑوں گی۔ میرے قہقہے کبھی بند ہو گئے ہیں جیسے تم میری مدد کر سکتے ہو۔ اگرچہ تم خود ایک ایسے ملک کے رہنے والے ہو جہاں قنوطیت بھی ایک قدر سمجھی جاتی ہے لیکن میں تم سے مل کر مشرق کی بہت سی اچھی باتوں کو پھر سے یاد کر سکوں گی۔ تم آرہے ہونا؟"

میں نے اُسے بتایا ـــــ "آج تو میرا دن بھر سونے کا پروگرام ہے۔ رات دیر تک لکھتا رہا۔ میں نے اپنے میزبان سے کہہ دیا تھا کہ باہر سے تالا لگا کر کام پر جائیں وہ میرے لیے شاید ناشتہ بنا کر ٹیبل پر رکھ گئے ہیں۔ بہت سے پھل اور جام اور بریڈ بھی موجود ہے۔ اور پھر ٹی وی بھی ہے اور کچھ کلاسیک فلموں کے کیسٹ بھی ہیں۔ پورے دن کا پروگرام طے ہے۔ اب میں کیا کر سکتا ہوں چاہو تو فون پر ہی میرے ساتھ باتیں کیے جاؤ نہیں، میں اپنی میزبان کو فون نہیں کروں گا۔ وہ فوراً واپس نہیں آسکے گی۔ صرف میرے لیے باہر کا دروازہ کھولنے کے لیے نہیں۔ وہ شام کو ایک پڑوسن نرس کے ساتھ اُس کی گاڑی میں لوٹتی ہے یا کسی کسی دن لوکل ٹرین سے اسٹیشن تک آجاتی ہے۔ جہاں اس کا شوہر اپنے اسکول سے لوٹ کر پہلے سے گاڑی لیے موجود ہوتا ہے۔ یعنی کبھی کبھار ساتھ ساتھ بھی لوٹتے ہیں۔ آج میں کسی طرح گھر سے نہیں نکل سکتا۔ تم سمجھ گئی ہونا؟ پھر کسی دن مل لیں گے مجھے معاف بھر کر دو کہ تمہیں مایوس کر رہا ہوں۔ ایسا کرنا نہیں چاہتا تھا۔"

دو روز کے بعد میں نے اُسے فون کیا تو اُس نے مجھے فوراً بلا لیا۔ جہاں وہ اَپ لینڈز ویزبی کمیون کے ایک سوشل ڈیپارٹمنٹ میں عارضی طور پر ایک جاب کر رہی تھی۔ جس وقت وہاں پہنچا، وہ ایک وین سے فوڈ کی ٹرالی اتروا رہی تھی۔ اگرچہ یہی وقت میرے لیے مصروف ترین ہوتا ہے

لیکن تمہارے ساتھ ساتھ رہنے سے کوئی فرق نہیں پڑے گا۔ دیکھوں گی، مجھے کام کرتا ہوا دیکھ کر تم کچھ خوشی محسوس کرتے ہو۔"

مغربی یورپ کی ایک عورت کو اُس کے وطن سے دور ایک نورڈک ملک میں شوقیہ مہم کے طور پر کام کرتے ہوئے دیکھنا ایک اچھا موقع تھا۔ شاید اس نے خود ہی میری بے پناہ دلچسپی کا انداز کر لیا تھا۔ دو تین کلو میٹر کے دائرے میں اس نے صبح کے چند گھنٹوں کے لیے چار بوڑھوں کی دیکھ ریکھ کی ذمہ داری لے رکھی تھی۔ یہ وہ لوگ تھے جنھوں نے بوڑھے لوگوں کے گھر میں رہنا پسند نہیں کیا تھا۔ ان کے اپنے اپنے مکان تھے، ان کے بچے ان سب سے الگ رہتے تھے۔ اپنا ناشتہ، کھانا بنانا ان کے بس کا روگ نہیں تھا۔ گھر کی صفائی وغیرہ بھی نہیں کر سکتے تھے۔ میں نے ایوا کو ان کی ہر خدمت بڑی لگن کے ساتھ کرتے ہوئے دیکھا۔ اُس نے ان کے بستروں کی چادریں اور دروازوں اور کھڑکیوں کے پردے بدلے، ان کے کپڑوں کو پریس کیا، اُن کے لیے تھوڑی باغبانی کی، جس جس طرح وہ ہدایت دیتے رہے۔ اُن کی ڈاک لے کر قریب کے ایک ڈاک خانے میں گئی اور اُن کی آئی ڈاک اٹھالانے کے علاوہ اُن کے چیک بھی کیش کرا کے لا دیئے۔ ان کے بجلی اور پانی کے بل بھی جمع کرآئی۔ ایک بوڑھا کچھ رومانی ہوا اٹھا تو اس کے لیے میوزک کا کیسٹ لگا کر اس کے ساتھ ڈانس کیا اور گانا بھی گایا۔

ان سب کاموں سے فراغت پا کر وہ مجھے ایک لائبریری کے اندر بنے ہوئے چھوٹے سے ریستوراں میں لے گئی، وہاں ہم نے اپنے اپنے پیسوں سے لنچ خریدا۔ لنچ کے دوران اُس نے مجھے بتایا____ "یہ جاب میں جس لڑکی کی جگہ پر کر رہی تھی وہ کل واپس آرہی ہے مجھے اطلاع دے دی گئی ہے۔ لیکن سوچ سوچ کر مجھے بہت افسوس ہو رہا ہے کہ میں ان معذور لوگوں کی خدمت سے محروم ہو جاؤں گی۔ اُن کے ساتھ میں نے کئی دن گزارے ہیں۔ وہ بھی مجھ سے مانوس ہو گئے ہیں۔ مگر انہیں میں نے نہیں بتایا کہ میں کل سے انہیں نظر نہیں آؤں گی۔ ہو سکتا ہے یہ خبر سُن کر کسی کا دل ٹوٹ جاتا۔ وہ مر بھی سکتا تھا لیکن اب کیا ہو گا؟"

''کس کا؟ ____ تمہارا؟''

اس نے کوئی جواب نہ دیا میری طرف ایک ٹک دیکھنے لگی۔ اُس کی خوبصورت نیلی آنکھیں لحہ بہ لحہ آنسوؤں سے لبریز ہوتی گئیں۔ اُس نے اچانک تھوڑی اُوپر اٹھالی۔ تا کہ آنسوؤں کو بہنے سے روک سکے۔ پھر اچانک اپنے جھولتے ہوئے سنہرے بالوں کو دونوں ہاتھوں میں لیکر سر کے عین وسط میں ایک حسین گولے کی شکل میں لپیٹ دیا۔ پرس میں سے دو ہیر پن نکال کر انہیں بالوں کے اندر یہاں وہاں ٹھونس دیا اور بولی ''مجھے اب کوئی نئی جاب تلاش کرنی ہوگی۔ فریڈی کے لوٹنے سے پہلے پہلے میں بیکار نہیں بیٹھی رہ سکتی۔ تمہارے جانے کے بعد میں اطمینان سے ادھر کے سارے اخبار دیکھوں گی۔ شاید کوئی ایسی جگہ خالی ہو جہاں میں کام کرنا پسند کرسکوں۔''

ایک دن میں روسی ایئر لائنز کے دفتر سے نکلا تو سڑک کی دوسری اُور کے فٹ پاتھ پر اچانک ایوا جاتی ہوئی دکھائی دے گئی۔ ہم کئی روز سے ایک دوسرے کو فون بھی نہیں کر سکے تھے۔ میں نے اُسے پکارا تو وہ حیران سی ہوکر اِدھر اُدھر دیکھنے لگی۔ پھر مجھے دیکھ لیا تو خوش ہوکر بلانے لگی وہ اس الجھن میں بھی نظر نہیں آئی کہ سڑک پار کر کے میرے پاس کیونکر پہنچے ٹریفک بہت زیادہ تھا۔ تیز رفتار کاروں کا ایک دریا سا بہتا ہوا جارہا تھا۔ اُسے وہیں رُکے رہنے کا اشارہ کر کے میں نے اگلے سگنل تک کا ایک لمبا چکر کاٹا۔ اِس کے پاس پہنچا تو وہ بڑی بیتابی سے میرے ساتھ لپٹ گئی اور بولی ____ ''ہئی رام، تم خوب مل گئے۔ میں تو ساری امید کھو چکی تھی کیونکہ کل ہی مشرقی جرمنی جارہی ہوں اچھا سنو، یہیں کہیں تھوڑی دیر کے لیے نہ بیٹھ جائیں؟ میرے پاس وقت کم ہے۔''

ایک پب میں بیٹھتے ہی میں نے اس سے کہا ____ ''آج واقعی الوداعی ملاقات ہے۔ وہ بھی اتفاق سے ہوگئی ہے۔ دو روز کے بعد میں ماسکو جارہا ہوں۔ تم کیا پیوگی؟''

''ہاں ٹھیک ہے۔ آج تم میرے لئے بیئر خریدو۔ مجھے بڑی خوشی ہوگی اور میں یاد رکھوں گی۔'' وہ میرے ہاتھ سے روپے لیکر بجلی کی سرعت کے ساتھ کاؤنٹر پر گئی اور دو ٹن اُٹھا کر لوٹ آئی۔

''جانتے ہو، میں جلدی نہ کرتی تو ایک لمبی کیو میں لگ جانا پڑ جاتا۔ میں نے کئی لوگوں کو ایک ساتھ اندر آتے ہوئے دیکھ لیا تھا، خیر یہ بتاؤ کیا تم بھی میری طرح خوش ہونا کہ ایک بار پھر بچھڑنے سے پہلے ہم مل گئے؟''

''تمہیں یہاں کوئی جاب نہیں ملی۔''

''ملی۔ ملی کیوں نہیں! جاب ہی کے سلسلے میں تو ساس نٹر جارہی ہوں۔ لیکن فیری سے۔ قریباً تیس پناہ گزینوں کے ساتھ جن کے کاغذات تریلی بورگ سے مشرقی جرمنی کو بھجوائے جا چکے ہیں۔ انہیں لوگوں کو اسکارٹ کرنا ہے مجھے۔ وہاں سے انہیں مڈل ایسٹ بھجوایا جائے گا، جس راستے سے وہ آئے تھے۔ وہ سب سب کے سب ترک ہیں۔ فرانسیسی بولنے والے ترک۔ اُن میں کچھ عورتیں اور بچے بھی ہیں۔ برسوں پہلے اٹلی کے راستے سوئٹزر لینڈ میں داخل ہوئے تھے۔ بتاتے ہیں ان کے پہلے قافلے میں ۶۸۰ لوگ تھے۔ کچھ چوری چھپے انگلینڈ اور دوسرے ملکوں میں چلے گئے جنہیں ہمارے ملک میں شہریت دینے سے انکار کر دیا گیا تھا۔ یہ بہت بڑا مسئلہ ہے۔ یہاں سوئیڈن میں رہ جانے کے لئے وہ پانچ سال سے جدو جہد کر رہے تھے۔ اُن کے ساتھ پاکستانی ،ہندوستانی، بنگلہ دیشی، سری لنکن اور کچھ گریک بھی تھے۔ وہ عارضی طور پر قبول کئے گئے ہیں۔ روٹی روزی کمانے کے لئے گذارا الاؤنس کے علاوہ کچھ کام بھی دے دیا جاتا ہے، فرانسیسی بولنے والوں کی میں مترجم ہوں۔ نسلی امتیاز کا شکار بھی ہوتے ہیں یہ لوگ۔ کوکلس کلان KUKALUX KLAN اور اسکن ہیڈز (SKIN HEADS) نام کی دو تنظیمیں ہیں جو انہیں پریشان رکھتی ہیں۔'' ان کے دروازوں پر نیگرو گو ہوم NIGGER GO HOME لکھ دیا جاتا ہے سڑکوں پر تنہا پا کر ان کی مار پیٹ بھی کر دی جاتی ہے۔ لیکن مقامی لوگ ان کا ساتھ نہیں دیتے۔ وہ بالکل غیر جانب دار رہتے ہیں۔ لیکن غیر جانبدار رہنے سے نسلی منافرت کا حل نہیں نکلتا۔ خانہ بربادوں کا فائدہ ہی کیا ملتا ہے؟ کچھ بھی تو نہیں۔''

وہ لگا تار بولتی جارہی تھی۔ ایک عجیب سے جوش سے۔ اس وقت اُس کے چہرے پر جو

کیفیت تھی اُسے سادہ سے سادہ الفاظ میں، حیرت ناک ہی کہہ کر بیان کیا جا سکتا ہے۔ میں نے کچھ پوچھنا چاہا تو اُس نے مجھے روک دیا۔ ’’سنو، سنو رام، ایک سوئیڈش لڑکی کا قصہ سنو، کیا نام تھا اُس کا! ہاں ارنے، اس نے اریٹیریا کے ایک باشندے نور و ابوالقادر کے ساتھ شادی کر لی۔ مقصد یہ تھا کہ اِسی بہانے اُسے شہریت کے حقوق دلا دے۔ ایک دن اُسے گھمالانے کے لئے شہر لے گئی لیکن راستے میں دونوں پر اچانک حملہ ہوا۔ دونوں زخمی ہو گئے کبھی کبھی یہ خانماں برباد لوگ بھی غضب ناک ہو اُٹھتے ہیں۔ مقابلہ آرائی کرتے ہیں۔ اس کا سبب ان کی اندرونی بیزاری اور افسردگی ہوتی ہے۔ غیر یقینی زندگی بہت بڑی ٹریجڈی ہے۔ ایک بیس برس کے پناہ گزیں کا بھی قصہ سنو۔ وہ جس فیکٹری میں لگایا گیا تھا وہاں کام کرتے ہوئے اُس کی عینک ٹوٹ گئی۔ بے چارہ پھر سے عینک بنوانے کے لیے ڈیڑھ کرونے کہاں سے لاتا۔ فیکٹری کے مالک اس طرح کے نقصان کا معاوضہ دینے کا پابند ہوتے ہیں۔ لیکن اُس نے مقررہ معیاد کے اندر مالکوں کو اطلاع نہیں دی۔ اس لیے اس کی درخواست رد کر دی گئی۔ اس کا کیس میں نے ہاتھوں میں لیا۔ تب بھی اس کو کچھ نہ مل سکا۔ میں اُس کے پاس یہ خبر لے کر پہنچی تو وہ غصے سے پاگل ہوا تھا۔ بجائے اس کے وہ میری کوششوں کا شکریہ ادا کرتا اس نے مجھ پر ہی حملہ کر دیا۔ تم جانتے ہو، ایک عورت پر حملہ کس قسم کا ہو سکتا ہے۔ اُس نے مجھے بالکل نوچ ڈالا۔ یہ میری بہت بڑی توہین تھی۔ یہاں کے قانون کے مطابق اس کی سزا بہت بڑی ہے لیکن میں نے نہ تو پولیس کو بتایا نہ ہی اخبار والوں کو بھنک دی۔ بس اسے مجبور کیا کہ مجھ سے معافی مانگے۔ اُس نے پُرسکون ہو کر معافی مانگ لی۔ میں نے اپنی جیب سے ہی اُس کے لیے نئی عینک بنوا دی ہے۔ اِس وقت وہی لے کر آ رہی ہوں میرے پرس میں ہے۔ لیکن کل کے قافلے کے ساتھ اسے واپس بھیجا جا رہا ہے۔ جرمنی کے راستے ایک نامعلوم منزل کی طرف۔‘‘

ایوا براؤن کی آنکھوں میں اب ایک سکون تھا۔ حیرت ناک قسم کا ٹھہراؤ۔ وہ پلک تک جھپکے بنا میری طرف کئی لمحوں تک دیکھتی رہی۔ اب اس کے ہونٹوں پر وہ مسکراہٹ موجود نہیں تھی جو کچھ دیر

پہلے مجھے دیکھتے ہی کھل گئی تھی۔

اچانک وہ گھڑی دیکھ کر کھڑی ہوگئی۔ میری طرف ہاتھ بڑھا کر بولی ـــــ "اب جاؤں گی فورا۔ پھر مل سکیں گے یا نہیں۔ کون کہہ سکتا ہے؟ مل گئے تو حیران مت ہونا نہیں تو غم بھی مت کرنا۔"

"سنو ایوا، کئی سال پہلے تم نے ایک ڈائری لکھی تھی۔ اسے تم شملہ کے ویٹنگ روم میں بھول گئی تھیں یاد ہے! وہ انڈیا میں میرے پاس ابھی تک محفوظ ہے۔ تم اپنا پتہ لکھا تو میں واپس کردوں گا۔"

"ہٹاؤ اب میں نے ایسی ڈائری کئی بار لکھی ہے اور کہیں نہ کہیں چھوڑ دی ہے۔ اس سے فرق ہی کیا پڑتا ہے؟ میرا تعلق صرف اتنا ہے کہ کچھ لکھ کر من کا بوجھ ہلکا کرسکوں۔ بس اچھا گڈ بائی۔"

یہ کہہ کر وہ جلدی سے باہر نکل گئی۔

☆☆

ممتاز مفتی

جھکی جھکی آنکھیں

عذرا اُن عورتوں میں سے ہے جن نے وصال میں بھی تکمیلِ حصول کی آرزو میں بے ساختہ آہ نکل جاتی ہے جو دل خراش حقائق سے دور، کسی رنگین دنیا میں رہتی ہیں۔ یُوں تو ہر عورت کی دنیا حقائق سے بے نیاز ہے مگر عذرا میں یہ خصوصیت نمایاں ہے۔

عذرا کو بار بار دیکھ کر بھی میں نہیں کہہ سکتا کہ وہ کس لحاظ سے حسین ہے۔ کتابی چہرہ، حساس ناک، مسکین سے ہونٹ، حیران موٹی موٹی آنکھیں اور گداز جسم۔ اس کی حیران خوابیدہ آنکھیں جو اس کی قوت تکلم کا بیشتر حصہ سلب کر چکی ہیں۔ نہ جانے کونسی دنیا میں رہتی ہیں۔ بہر صورت وہ اس مختصر مکان میں جہاں وہ اس کا خاوند اور ساس رہتے ہیں رہتی ہوئی محسوس نہیں ہوتی۔ اس کی کمر کا وہ ہلکا سا خم جس کی وجہ سے اس کی گردن ذرا بائیں طرف مڑی رہتی ہے۔ بہت بھلا معلوم ہوتا ہے۔ بلکہ کسی وقت مجھے شبہ ہوتا ہے کہ یہی خم اس کی جاذبیّت کا راز ہے۔ جب کبھی عذرا کچھ بُن رہی ہو یا پڑھ رہی ہو اور جھکی جھکی آنکھوں سے باتیں کرے تو تمہارے دل میں ایک لطیف احساس پیدا ہوگا کہ بیشک زندگی بسر کرنے کے قابل ہے اور مل بیٹھنے میں ضرور راحت ہے۔ لیکن اگر وہ آنکھیں اُٹھا کر تمہاری طرف نظر بھر کر دیکھ لے تو...... میں نہیں کہہ سکتا کہ تم کیا محسوس کرو گے۔ اُس وقت مجھے تو ایسا محسوس ہوتا ہے عذرا مجھ سے کوسوں دُور ہے، یقین نہیں پڑتا کہ وہ ہے بھی یا نہیں زندگی حقیقت ہے یا محض خواب! اس وقت چراغ مدھم پڑ جاتے ہیں اور دنیا گھوم جاتی ہیں۔

کوئی دس بارہ مہینے ہوئے ہوں گے، جب وہ یہیں اسکول میں دسویں جماعت میں پڑھا کرتی تھی۔ مگر ان دنوں اس کے انداز میں یہ بات نہ تھی۔ حیرانیاں تو اُس کی نگاہ میں چھٹ پنے ہی سے تھیں۔ شاید اس لیے کہ بچپن سے ہی وہ سوتیلی ماں کے پاس رہتی تھی مگر شادی کے بعد اُس

کی نگاہیں اور بھی حیران ہو گئیں اور اب وہ ترنم سے بھیگ چکی ہیں۔ اس کی گردن کا جھکاؤ کچھ اور جھک گیا ہے اور اُس کی پلکیں کسی خوابوں کی بستی کو ڈھانپے رکھتی ہیں۔ ان دنوں جب وہ اسکول سے لوٹا کرتی تھی تو اس کے انداز میں "بیگانہ روی" پیدا کرنے کی کوشش عیاں ہوتی مگر کبھی کبھار کوئی دبی ہوئی مسرت چھلک ہی پڑتی۔ چلتے چلتے ٹھٹک جاتی یا آنکھ میں ہلکا سا تبسم لہرا جاتا جس سے صاف ظاہر ہوتا کہ اس کو زندگی سے دلچسپیاں محسوس ہو رہی ہیں۔ وہ اپنے اندر میں ایسی بیگانہ روی پیدا کرنے کی کوشش کرتی تھی، جو والدین کے نقطۂ نظر سے ہر شریف بچی میں ہونی چاہئے۔ خدا جانے والدین اپنے بچوں میں بیداری دیکھنے کے کیوں متحمل نہیں ہو سکتے۔ اُن کی خواہش ہوتی ہے کہ ان کے بچے ننھی کلیوں کی طرح سوئے سوئے ہی رہیں اور یونہی سوئے سوئے ہی مرجھا جائیں۔ اس لئے وہ ان میں بیداری نہ پیدا کرنے کا قطعی فیصلہ کر لیتے ہیں اور جو پیدا ہو جاتی ہے اسے نہ دیکھنے کا۔ عذرا کے والدین موخرالذکر قسم کے آدمی تھے۔ گھر میں کھانے پینے کے لئے کافی تھا۔ اور جمع کرنا ان کی سرشت میں نہ تھا۔ بیویوں کے معاملے میں وہ اپنے آپ کو بہت بدنصیب سمجھتے تھے۔ انہیں گلہ تھا کہ ان کی بیویوں کو شادی کے فوراً بعد ہی عام ہو جانے کی قبیح عادت ہے۔ ان کی خواہش تھی کہ ایسی بیوی ملے جو گونا گوں ہو اور ان کا ایمان تھا کہ وہ کبھی نہ کبھی اسے ضرور ڈھونڈ نکالیں گے۔ اس لئے وہ اس کی تلاش میں سرگرداں رہتے تھے۔ ان کے خیال میں بیوی کا یوں عام ہو جانا اس کی بدمزاقی کی دلیل ہے۔ اور وہ اپنے خیال کو اکثر ظاہر کیا کرتے تھے۔

انجینئر صاحب کی بیوی کو دیکھئے، اُس کی آنکھوں میں بیسیوں نگاہیں ہیں........ایک سے ایک نئی کبھی وہ اداسی میں تو کبھی وہ سرخی میں ڈوبی رہتی ہیں۔ کبھی "ہم تمہیں جانتے ہی نہیں" اور کبھی "اب کہئے مزاج کیسے ہیں۔" کی سی نگاہیں اور پھر ان کا تو رنگ بھی ادلتا بدلتا رہتا ہے۔ کبھی گلابی کبھی گہری گہری گدری گدری، میلی میلی یہ جو پڑوس میں مسز ملک ہے نہ دیکھنے کے انداز سے دیکھنے میں اُسے کس قدر ملکہ ہے۔ اس کے بھرے ہوئے جسم میں کس قدر پیچ وخم مضطرب رہتے ہیں۔

ایک وہ عذرا کی ماں تھیں کہ بیٹھ جاتی تو گھٹنوں اٹھنا محال ہو جاتا۔ بس دن بھر آلو ہی چھیلتی رہتی تھی۔ اور پھر وہ زمرّ د تھی۔ کہ ایک مرتبہ ساڑھی کے لئے بگڑ بیٹھی تو ہفتوں سوج کر بیٹھی رہی اور کچھ کہہ دیا تو ایک عرصہ تک چہرہ کی زردی کے سوا گھر میں کچھ نظر نہ آیا۔''

عذرا کی ماں کے بعد انہوں نے زہرہ سے شادی کی تھی مگر وہ بھی چند سالوں کے بعد لقمۂ اجل ہوگئی۔ خیر اس بات سے ان کی زندگی میں کوئی خاص فرق پیدا نہ ہوا۔ چونکہ شادی کے چند ماہ بعد ہی انہیں معلوم ہو چکا تھا کہ زہرہ میں وہ بات نہیں۔ اب گھر میں ان کی بوڑھی ملازمہ حشمت اور عذرا کے سوا اور کوئی نہ تھا۔ خود تو عام طور پر باہر بیٹھک میں بیٹھے رہتے یا کبھی اندر آتے تو عذرا کو کوئی نصیحت کرنے کے لیے کہتے۔

''خدارا دو پٹہ سنبھالو بیٹیوں کو یوں ننگے سر بیٹھنا زیب نہیں دیتا۔''

''حشمت وہ کھڑکی کیوں کھلی ہے۔ بند کرو اُسے دیکھو تو عذرا بیٹھی ہے اور گلی میں لوگ آتے جاتے ہیں۔''

عذرا تم یہ مسز ملک ولک کے یہاں مت جایا کرو۔ لڑکیاں اپنے گھر بیٹھی اچھی لگتی ہیں۔''

ان نصیحتوں کے باوجود انہوں نے کبھی آنکھ بھر کر اُس کی طرف نہ دیکھا تھا۔ بیٹی جوان ہو جائے تو جانے کیوں اسے دیکھنا مشکل ہو جاتا ہے۔ انہیں کبھی عذرا کی شادی کا خیال بھی نہ آیا تھا۔ نہ ہی انہوں نے کبھی اسے بیٹی کہہ کر بلایا تھا۔ کیوں کہ گو وہ چالیس برس کے تھے لیکن ____ ابھی جوان ہی معلوم ہوتے تھے۔ ان کے دوست اور احباب انہیں زینتِ محفل سمجھتے تھے۔ باہر دیوان خانے میں جمگھٹا رہتا تھا۔ اور قہقہوں سے درودیوار گونجتے تھے۔

ایک روز صبح سویرے جو عذرا اسکول جانے کی تیاری کر رہی تھی اور اپنی محبوب نیلی ساڑھی پہنے بال بنا رہی تھی تو معمول کے خلاف اس کے والد اندر آ کر نہایت خشمگیں انداز میں کہنے لگے۔

''عذرا۔ آج سے تم اسکول نہ جایا کرو۔ بس زیادہ پڑھنے کی ضرورت نہیں۔''

''مگر ابا امتحان۔'' عذرا نے اپنے آپ کو جھنجوڑ کر پوچھا۔ اس کا چہرہ حیرانی اور خوف سے بدنما ہو رہا تھا۔

''مگر وگر کوئی نہیں۔'' انہوں نے بات کاٹ کر کہا۔ ''امتحان دینے کی ضرورت نہیں۔''

ایک ساعت کے لئے عذرا کی آنکھیں اُٹھیں اور شعلہ کی طرح چمکیں مگر والد جا چکے تھے ۔ عصمت نے ان آنکھوں کو دیکھا اور محسوس کیا جیسے کائنات کا ذرہ ذرہ تھرا رہا ہو۔ پھر وہ جھک گئیں۔ دو موٹے موٹے آنسوں رخساروں سے ڈھلک کر ساڑھی میں جذب ہو گئے۔ پھر وہ نگاہیں حیران ہوتی گئیں۔ اپنے ماحول سے سمٹ کر اپنے آپ میں جذب ہوتی گئیں۔ اس دن سے عذرا کو ٹھمکتے ہوئے کسی نے نہ دیکھا، اور اسے بیگانہ روی پیدا کرنے کی شاید ضرورت ہی نہ رہی۔ شام کو وہ کوٹھے پر چلی جاتی اور گھنٹوں کھیتوں کی طرف نگاہیں جمائے ہوئے کھوئی ہوئی سی کھڑی رہتی۔ حتیٰ کہ پندرہ دنوں کے اندر اندر اس کے والد نے نذر سے نکاح پڑھوا کر اسے رخصت کر دیا۔ غالباً اس لئے کہ عذرا کی بیداری کا زمانہ اس قدر مختصر تھا کہ آیا اور چلا گیا۔ وہ اس قدر گہرا اثر چھوڑ گیا جس طرح کسی ویران وادی میں کسی آوارہ طائر کی لرزتی ہوئی تان چند ایک ساعت کے لئے ان خاموش مہیب چٹانوں میں ابھر ابھر کر خاموشیوں کے مسکن کو اور بھی خاموش اور بھیانک تر چھوڑ جاتی ہے۔

اس جھٹ پٹ پر خلقِ خدا کے ماتھے پر شکن پیدا ہونی ہی تھی۔ چہ مگوئیاں ہوئیں۔ دبی دبی آوازیں اٹھیں۔ مگر آوازہ کسنے کی نوبت نہ پہنچی۔ ایک تو محلے والیوں کو عذرا سے کوئی گلہ نہ تھا اور عذرا کوئی اس قدر حسین یا شوخ یا طرحدار نہیں سمجھی جاتی تھے کہ محلے والیاں اس سے کینہ دوزی کرتیں۔ دوسرے اُنھیں عذرا کے والد سے بھی کوئی رنجش نہ تھی کہ انہیں نشر کرتیں۔ بلکہ وہ تو ان کی نکتہ رس نگاہوں سے واقف ہونے کے علاوہ ان کی نگاہوں کی قدردان تھیں۔ چند ایک مثلاً انجینیر کی بیوی اور مسز ملک جنہیں آوازہ کسنے میں ملکہ تھا۔ ان کا تو یہ گلہ تھا کہ نہ ڈھول ڈھمکا نہ چھم چھم نہ تاک نہ جھانک نہ ٹوٹو میں میں۔ یہ بھی کیا شادی ہوئی۔ کئی ایک کو تو مدت سے عذرا کی شادی کی تقریب

سعید کا انتظار تھا کہ شادی ہو، مہمان بن کر جائیں۔ حنا مالیدہ ہاتھ ہوں، جھلملاتی ہوئی ساڑیاں ہوں، کاجل رسی، بندیاں چمکیں۔ پلیٹوں سے چوڑیاں بجیں، پان بنائے جائیں اور اس افراتفری میں اچانک کوئی آنکلے تو گھونگٹ نکالنا تو کیا دوپٹہ سنبھالنا بھی مشکل ہو جائے۔ کوئی گستاخ لٹ جھٹک کر منہ پر آگرے اور ناک میں دم کردے یا پتلی پتلی نظریں چھن چھن کر پڑیں۔ سفید سفید باہیں گھونگھٹ سے نکل کر کچھ دیر کچھ لیں۔ یعنی ایسی شادی ہو کہ نام رہ جائے بلکہ چرچا ہو۔

آخر خلقِ خدا خلق ہی ہے اور بات سے بات نکل ہی جاتی ہے۔ کسی نے کہا "کسی سے آنکھ لڑ گئی ہوگی" کوئی بولی۔ "ایلو بی بی وہ تو اس کے ابا نے اپنی آنکھ سے دیکھ لیا۔ دفتر سے آرہے تھے۔ باغ میں وہ اسے پہلو میں لیے بیٹھا تھا۔ توبہ کیسا زمانہ آیا ہے۔" غرضیکہ کئی باتیں نکلیں۔ بلکہ کون سی بات تھی جو رہ گئی۔ مگر دبی دبی باتیں اور پھر بات آئی گئی ہوگئی۔ لوگوں کے لیے بات آئی گئی ہوگئی۔ مگر شادی عذرا کے لیے بات ہی بات رہ گئی اور وہ خود آئی گئی ہوگئی۔

اس بیچاری کا یہی قصور تھا کہ اسکول جاتے ہوئے تانگے میں یوں آنکھیں جھکائے ہوئے بیٹھی رہتی کہ مرمریں بت کا شبہ ہوتا اگر کسی شوخ چشم کے دل میں اس بات کو دیکھ کر ایک مصور بیدار ہو جائے اور اسے اس بت میں محو کردے، تو عذرا کا اس میں کیا قصور؟ ہاں اسکول کی ویران سی سڑک پر ہوا کھانے کو کس کا جی نہیں چاہتا۔

پوری تفصیلات سے تو مجھے واقفیت نہیں۔ ہاں سلیم کا اونچا قد اور فراخ شانے اور اس کا انداز بے نیازی اس امر کا شاہد ہے کہ اسے تانک جھانک سے کوئی دلچسپی نہیں نہ وہ خود ساختہ مصیبت مول لینے کا عادی ہے۔ غرضیکہ وہ ان نوجوانوں میں سے نہیں جو کسی کے تصور میں اوندھے پڑے رہنے، آہیں بھرنے اور شعر پڑھنے کی دلچسپ کیفیت میں مبتلا رہنے کے مشتاق ہیں۔ چند دن تو صبح چھ بجے وہ روز اس سڑک پر اپنے سائیکل پر سوار گھومتا رہا۔ پھر ایک روز جب چھٹی کے وقت عذرا اسکول کے پھاٹک کے قریب کھڑی اپنے تانگے کی راہ دیکھ رہی تھی تو سلیم آکر اس کا بازو پکڑ کر گھسیٹ کر اُسے ایک طرف لے گیا اور اسے شانوں سے پکڑ کر پوچھنے لگا۔ "تم کون ہو؟"

تمہارے کیا نام ہے؟''........تم بولتی کیوں نہیں۔''.....''اچھا''۔اس نے عذرا سے جھنجوڑ کر کہا۔' 'تم چاہے کوئی بھی ہو تم میری ہو۔اور تمہیں اب مجھ سے کوئی بھی نہیں چھین سکتا۔''اور پیشتر اس کے کہ عذرا سمجھتی کہ یہ کیا ہو رہا ہے۔یا اسے کیا کرنا چاہیے۔سلیم جا چکا تھا۔پھر اُسے یاد نہیں کہ اس روز تانگے والے نے دیر سے آنے کے لیے کیا عذر پیش کیا تھا یا کس راستے سے وہ آئے تھے یا راستے میں پھاٹک پر کتنی دیر انتظار کرنا پڑا تھا یا ٹھہرنا پڑا بھی تھا یا نہیں۔اس روز اس کی آنکھیں تبسم سے آشنا ہوئی تھیں اور اس کی چال نے ٹھمکنا سیکھا تھا۔اسے اس واقعے کی حقیقت پر اعتبار نہ آتا تھا۔مگر اس کے بلوریں شانوں پر دو تین نیلے نیلے داغ کسی دلچسپ گرفت کے شاہد تھے اور اس کے شانوں پر لذیذ سا درد ہو رہا تھا۔

اس روز وہ اپنے طوطے سولی سے کہہ رہی تھی۔''سولی چاہے تم کوئی بھی ہو تم میرے ہو۔ تمہیں مجھ سے کوئی بھی نہیں چھین سکتا کوئی بھی نہیں۔''وہ نہایت سنجیدگی سے کہہ رہی تھی۔پھر اس مصنوعی سنجیدگی نے شاید اسے گدگدایا۔وہ ہنس پڑی۔''کیوں سولی ہے نا۔''

اس کے بعد ان کی دو چار سرسری ملاقاتیں ہوئی ہوں گی اور دو چار خطوط آئے ہوں گے اور بس سلیم ہمیشہ کے لیے اس کے لیے چند ایک دل کی پر کیف دھڑکنیں اور ہاتھوں، شانوں اور کمر پر چند ایک لطیف دباؤ اور دل اور سینے کی چند مبہم تھرتھریوں کے سوا اور کچھ نہ رہا تھا۔جس قدر یہ نقوش منتشر اور موہوم سے تھے۔شاید اُس کے دل میں اُن کے متعلق خیالات اُسی قدر گہرے اور مضبوط تھے۔

گاڑی میں عذرا ساس کے ہمراہ ایک درمیانے درجے کے ڈبے میں بیٹھی تھی وہ جا رہے تھے۔مگر اُسے یقین نہیں آتا تھا کہ وہ نذر کے ساتھ جا رہی ہے۔اُس کا دل کہہ رہا تھا۔''یہ کیسے ہو سکتا ہے۔''وہ سمجھتی تھی کہ وہ خواب دیکھ رہی ہے جیسے قدرت اُسے چھیڑنے کے لیے مذاق کر رہی ہو کہ وہ ابھی جاگ پڑے گی اور سب کچھ ٹھیک ہو جائے گا۔خواب نہیں تو اور ہو ہی کیا سکتا تھا۔ایسی بات کیسے ممکن تھی۔

باہر کھیتوں میں گرمی سے جھلساہوا پھیکا سبزہ لہرارہا تھااور سبز ہونے کے باوجود آنکھوں میں چبھتا تھا۔ان کھیتوں کے وسیع پھیلاؤ میں یہاں وہاں بجلی کے ہیبت ناک دیونما کھمبے گرد سے اَٹے ہوئے کسانوں میں یُوں معلوم ہوتے تھے جیسے ٹھنگنوں میں کوئی ''گلیور'' کھڑا ہو۔سورج چمک چمک کر تھک چکا تھااور اس کی کرنیں زرد پڑ گئی تھیں۔دُور کہیں کہیں افق پر کوئی میلا سا ٹیلا ان جھلسے ہوئے میدانوں کے تسلسل میں دھندلے خواب کی طرح آتا اور گزر جاتا۔عذرا اپنی خوابوں کی دنیا میں کھوئی ہوئی تھی۔اسے ایسا معلوم ہوتا جیسے اس ٹیلے پر سلیم اسے بلا رہا تھا جیسے دُور سے سڑک پر جو لاری جارہی ہے اس میں سلیم بیٹھا ہے۔پھر اس کے شانے کوئی نامعلوم گرفت محسوس کرتے اور وہ سنتی۔''تم میری ہو،اب تمہیں مجھ سے کوئی بھی نہیں چھین سکتا۔''اور وہ ٹھٹک کر بیدار ہو جاتی۔ اور دیکھتی کہ نذر کی ماں اور سولی اسی کی طرف ٹکٹکی باندھ کر دیکھ رہے ہیں مگر دونوں کی نگاہوں میں ایک دنیائے اختلاف تھی ماں کی آنکھوں میں تجسس اور تشویش کو اس کی مسکراہٹیں چھپا نہ سکتی تھیں۔۔اس کے برعکس سولی کی آنکھیں پُرنم معلوم ہوتی تھیں۔غالباً وہ دونوں عذرا کے دل کی کیفیت سے واقف تھے مگر دونوں کی نگاہوں میں کوئی مناسبت نہ تھی۔وہ سوچ رہی تھی۔''سولی بے زبان ہو کر بھی سمجھتا ہے۔'' اس وقت غالباً پہلی مرتبہ اس کے دل میں سولی کو آزاد کرنے کی خواہش محسوس ہُوئی۔نہ جانے کتنی بہاریں اس نے اس پنجرے میں گزاری ہیں۔کیا اس کے دل میں بھی اڑنے کی آرزو باقی ہے؟ کیا اُس کے دل میں بھی کسی زمانے کی یاد اٹھتی ہے؟'' پھر اُس نے سنا کہ ماں کچھ کہہ رہی تھی۔گاڑی اسٹیشن پر کھڑی تھی۔ماں پوچھ رہی تھی۔۔''بیٹی عذرا نذر پوچھتا ہے کہ کچھ پیوگی؟......دیکھو نا کس قدر گرمی ہے...... تمہیں ضرور پیاس لگی ہوگی۔کیوں بیٹی؟'' اُس کی آواز میں منت تھی۔عذرا نے کنکھیوں سے دیکھا۔کھڑکی میں کوئی کھڑا تھا۔اُسے کنکھیوں سے بھی ادھر دیکھنے کی ہمت نہ پڑتی تھی۔پھر اس نے ایسے محسوس کیا جیسے کسی نے اس کے شانوں سے پکڑ کر اس کا منہ دوسری طرف پھیر دیا ہو......''

اُس نے سنا جیسے میلوں دُور کوئی کہہ رہا ہو۔''نہیں اماں تم کہو تو۔دیکھو کس قدر گرمی ہے۔

اس بھدی آواز میں، کس قدر اداسی تھی۔ ہاں اگر سلیم اُس سے پوچھتا۔ اگر وہ سلیم کے گھر جارہی ہوتی۔ مگر سلیم، سلیم جانے کہاں ہوگا۔ جانے اُسے حالات کا پتہ بھی تھا یا نہیں۔ شاید اپنی بیچاری عذرا کو بھول ہی چکا ہو۔ شاید اُن رنگین باتوں سے صرف مذاق مقصود ہو یا وقت کٹی۔ مگر اُس کے دل کی گہرائیوں میں کوئی کہہ رہا تھا۔ ''نہیں نہیں یہ الزام ہے۔ سلیم ایسا نہیں کر سکتا۔ اس کی باتیں حقیقت سے لبریز ہیں۔ اس کے دل میں یقین سا ہو جاتا۔'' وہ آئے گا۔ وہ ضرور آئے گا۔ وہ دنیا کا ذرہ ذرہ چھان مارے گا۔ شاید اسی گاڑی میں ہو...... '' کہیں وہ بیمار نہ ہو'' وہ ایک جھرجھری محسوس کرتی۔ ''نہیں وہ بیمار نہیں، بس نہیں۔'' عذرا اپنا سر کھڑکی کی چوکھٹ پر ٹیک دیتی اور اسے ایسا محسوس ہوتا کہ وہ چوکھٹ نہیں۔ وہ سلیم کے شانے ہیں۔ وہ سمٹ کر ان شانوں پر جھک جاتی۔ چاہے کچھ بھی ہو۔ اب مجھ کو تم سے کوئی بھی چھین نہیں سکتا...... کوئی بھی نہیں۔

ساس نے اُسے کمرے میں ایک فراخ پلنگ پر بٹھا دیا۔ کمرے میں دھندلی روشنی تھی۔ تمام مکان سنسان محسوس ہوتا تھا۔ وہ چار عورتیں عذرا کو دیکھنے آئیں مگر چند منٹ ٹھہر کر چلی گئیں۔ اُسے ایسا محسوس ہو رہا تھا۔ جیسے کسی ویران جنگل کے کھنڈر میں بھوت چل پھر رہے ہوں۔ اس رات لیمپ روشن نہیں معلوم ہوتے تھے اور اندھیرا بالکل ہی اندھیرا تھا۔ اس کی جھکی جھکی آنکھوں کے سامنے سلیم کھڑا تھا وہ محسوس کر رہی تھی جیسے سلیم انتظار میں بیٹھی ہو۔

دُور ہوا درختوں میں ٹہنیوں سے لپٹ لپٹ کر رو رہی تھی۔ سامنے کھڑکی کے شیشے سے ایک اداس کالا درخت نظر آ رہا تھا۔ کھڑکی کے باہر اندھیرا جھوم جھوم کر منڈلا رہا تھا۔ لیمپ کے شعلے میں سلیم کھڑا تھا۔ اس کے چہرے پر پریشانی کی جھریاں تھیں۔

عذرا کی آنکھ کھل گئی۔ اس نے اضطراب سے چاروں طرف دیکھا۔ وہ نہیں جانتی تھی کہ وہ کہاں ہے سلیم کی آواز ابھی تک اُس کے کانوں میں گونج رہی تھی۔ کیسا حسین خواب تھا۔ اُس نے کروٹ بدل لی اور آنکھیں بند کر لیں وہ اس خواب سے بیدار ہونا نہیں چاہتی تھی مگر بند ہونے کے علاوہ اس کی آنکھ میں نیند کا نشان بھی نہ تھا۔ یک لخت باہر سڑک کسی تانگے والے کی ''پہاڑی'' کی

تان اُس کے کان میں پڑی۔تانگے کے پہیوں کی گڑگڑاہٹ عذرا کے لیے پہاڑی کی تان سے کہیں زیادہ دلکش تھی۔اُس کے سامنے اسکول والی سڑک لہرا گئی۔ جب وہ آزاد تھی۔ جب وہ تانگے پر آیا جایا کرتی تھی۔جب پہلی مرتبہ اُس نے سلیم کی حیران اور مخمور آنکھ دیکھی تھی۔سلیم کی پہلی ٹکٹکی.......

اس کے بند بند میں درد ہو رہا تھا۔سولی کی چیخ سن کر وہ اٹھ بیٹھی۔ بے چارہ سولی بھی اس چاردیواری میں قید محسوس کر رہا تھا کمرے کی دوسری طرف کپڑے کی کرسی میں نذر سویا ہوا تھا۔ جیسے وہ عذرا کی طرف دیکھتا ہوا سو گیا ہو۔ چہرے پر ایک تبسم سا تھا۔جیسے کوئی خواب میں گدگدا رہا ہو۔باہر فضا میں دھیمی روپہلی روشنی پھیل رہی تھی۔

ساتھ والے کمرے سے کھڑکھڑاہٹ سی سنائی دی۔عذرا سمٹ کر چارپائی کے کونے پر ہو بیٹھی۔''نذر! نذر''! نذر کی ماں بلا رہی تھی۔نذر لپک کر اُٹھ بیٹھا۔اُس کے چہرے پر اضطراب چھا گیا۔اُس نے آنکھیں ملیں اور چاروں طرف دیکھا۔اُس کی نگاہیں عذرا پر آکر رکیں۔پھر اُس کے مُنہ پر مسکراہٹ پھیل گئی۔جیسے کوئی کسی لطیف خواب کو حقیقت کے لباس میں دیکھ کر کھل جائے۔

''آیا اماں۔'' کہتا ہوا وہ کمرے سے باہر چلا گیا۔

اگلے روز دن بھر عورتیں آتی جاتی رہیں۔ ہر کسی کو عذرا کے دیکھنے کا شوق تھا ادھیڑ عمر کی عورتیں جن کے لیے جوانی کے دن چند ایک دھندلے نقوش اور بیگانہ سے احساس تھے۔عذرا کو اس انداز سے دیکھتیں جیسے کوئی اپنی گزری ہوئی دلچسپیوں کو خواب میں دیکھ کر مسکرا دیتا ہے مگر کوئی دبی ہوئی آہ اس مسکراہٹ کو اداس بنا دیتی وہ شوق سے آتیں مگر کھوئے ہوئے انداز سے لوٹتیں جس طرح کوئی اپنی گزشتہ زندگی کے کسی رنگین واقعے کو یاد کر کے اپنی کھوئی جوانیوں پر کسک سی محسوس کرتا ہے اور اپنے گرد ایک اُداس اور لٹی ہوئی دینا پاتا ہے۔دو ایک جوانی سے سرشار لڑکیاں بھی آئیں۔ لچکتی ہوئی مٹکتی ہوئی۔مسکراتی ہوئی۔''ہم جانتے ہیں'' کی سی مسکراہٹیں ''بس یہ ظاہرداری رہنے

دو"..... ابھی تو اس نگری کی دہلیز پر بیٹھی ہو۔" کی سی نگاہیں اُچھالتی ہوئیں۔ بنتی سنورتی ٹہلتی ہوئی۔ مگر عذرا اپنی نگری میں گم صم تھی۔ لیکن جب کوئی نووارد اُس کا مُنہ دیکھنے کے لیے اس کا گھونگھٹ اٹھاتی تو وہ چونک پڑتی پھر اسے یاد آتا کہ وہ کہاں ہے اور کون ہے اور اس کا چہرہ شرم سے تمتما اٹھتا۔ کبھی رسولی کی چیخ اس کے لٹتے ہوئے۔ خوابوں کو بیدار کر دیتی اور احساس ہوتا کہ وہاں صرف سولی ہی ایک ایسا متنفس ہے جو اس کے دل کے کیفیت سے واقف ہے۔

سولی اپنے پنجرے میں یوں مضطرب تھا جیسے اسے سرِنو قید کیا گیا ہو۔ وہ چاروں طرف دیکھ دیکھ کر پھڑ پھڑاتا اور ان دیواروں کی اجنبیت محسوس کر کے بار بار چیختا۔

شام کے وقت نذر نے سولی کا پنجرہ عذرا کے پلنگ کے قریب رکھ دیا۔ سولی نے عذرا کو دیکھ کر چیخنا بند کر دیا۔ اپنی گردن موڑ کر اپنے بازوؤں پر رکھ دی اور عذرا کیطرف ٹکٹکی باندھ کر بیٹھ گیا۔ عذرا نے سولی کی طرف دیکھا۔ اُس کی آنکھ میں چمک آگئی۔ صرف سولی ہی اُس کا رازدان تھا، جس سے وہ سلیم کی باتیں کر سکتی تھی۔

نذر عذرا کے پاس آ بیٹھا۔ اُس کی آنکھوں میں محبت کی جھلک تھی۔ "تم نے کل سے کچھ نہیں کھایا! عذرا کچھ تو کھاؤ۔ امّاں نے تمہاری اتنی منّتیں کی ہیں۔" اُس نے دھیمی منت بھری آواز میں کہا۔ "یہ تمہارا اپنا گھر ہے عذرا...... تم اس کے مالکہ ہو۔ اُس کے حلق جذبات کی بھیڑ سے رک رہا تھا۔ اُس نے اپنے بھدّے سے ہاتھوں میں عذرا کا ہاتھ پکڑ لیا۔ "عذرا! عذرا تم چپ کیوں ہو؟" اس سے زیادہ وہ کچھ نہ کہہ سکا۔ اُس کی زبان کہنے والی زبان نہ تھی مگر اُس کا ہاتھ خاموش اور مدھم زبان سے اپنا مفہوم ادا کر رہا تھا۔ اُس وقت وہ بھدّا گرم ہاتھ قوتِ گویائی سے زیادہ متکلم تھا۔ عذرا نے وہ پیغام کانوں سے نہیں بلکہ جسم کے بند بند میں سُنا اس کی تمام قوت شل ہو گئی۔ وہ اپنا ہاتھ چھڑا لینا چاہتی تھی مگر وہ اپنے جسم پر قادر نہ تھی۔ کوئی نامعلوم طاقت اُس کی مرضی کے خلاف اسے اپنا آپ حوالہ کر دینے پر مجبور کر رہی تھی۔ کوئی نامعلوم دلفریب لوری اُس کے جسم کو تھپک تھپک کر سُلا رہی تھی۔ صرف دماغ کا کوئی نحیف حصّہ جسم کی اس غداری اور اپنی بے بسی پر پیچ و خم کھا رہا تھا۔

جس طرح ڈراؤنا خواب دیکھ کر کوئی چیخ چلا کر جاگ اٹھنا چاہتا ہے مگر جاگ نہیں سکتا۔ اسی طرح عذرا بُت سی بنی بیٹھی تھی۔ اُس میں اپنا ہاتھ چھڑانے کی قدرت نہ تھی۔ اُس نے ایک مخمور دھند لکے میں نذر کا ہاتھ دیکھا۔ سلیم کا ہاتھ بھی اسی طرح بڑا اور گرم سا تھا۔ ہاں سلیم کا ہاتھ شوخ تھا۔ بلا کا شوخ......اُس کے دل میں خوامخواہ آرزو پیدا ہوگئی کہ وہ بھدا ہاتھ متحرک ہو جائے۔ اس کی اپنی تمام قوت شوخی زندگی اس گھڑی کے لیے اس بڑے بھدے ہاتھ اوران مضبوط بانہوں میں منتقل ہو جائے۔ اس کا جسم اس بھدے ہاتھ کے لیے منتظر تھا۔ بے تاب تھا اور نقار خانے میں طوطی تھے......اُس نے اپنی آنکھیں بند کر لیں۔۔ سلیم کا ہاتھ اس کے جسم سے مس ہو رہا تھا۔ اس کی بند آنکھوں کے سامنے سلیم آ کھڑا ہوا......تم ہو سلیم!.......مجھے تم سے کوئی جدا نہیں کر سکتا۔" اس کے شانے جھک گئے۔ سر جھک گیا اور سلیم کے شانوں پر ٹک گیا۔ سلیم کی دو مضبوط بانہیں اُس کے گرد آ پڑیں.........وہ سلیم کے پاس تھی۔

نذر کسی دفتر میں کلرک تھا۔ اس کے والد نذر کے لیے ایک معمولی سا مکان اور چند واجب الادا رقمیں چھوڑ مرے تھے۔ وہ عذرا کے والد کے بہت گہرے دوست تھے۔ نذر نے کچھ عرصے پہلے کہیں اتفاقاً عذرا کو دیکھ لیا تھا عذرا کی نیچی نگاہوں اور اک اُلٹی ہوئی لٹ نے اسے کئی دن پریشان رکھا تھا۔ مگر وہ جانتا تھا کہ عذرا کو اپنے خوابوں میں جگہ دینا اپنا شیرازۂ ہستی پریشان کرنا ہے۔ مرحوم دوست کے قلاش لڑکے کو کون خاطر میں لاتا ہے۔ جب اُس نے اپنی ماں سے سُنا کے عذرا کے والد رضامند ہیں بلکہ جلد نکاح کرنے پر رضامند ہیں تو اسے یقین نہ آتا تھا۔ اب بھی وہ کبھی کبھی سمجھتا کہ وہ خواب دیکھ رہا ہے اور وہ ابھی جاگ اُٹھے گا اور اسے احساس ہوگا کہ ایک غریب کلرک کو ایسی مدہوش کن نیندیں ان لامتناہی فاصلوں کے سامنے کس قدر مہنگی پڑتی ہیں۔ مگر شاید یہ بھی فطرت کی ستم ظریفی تھی کہ عذرا سر یکاً اُس کی خواہشات میں جو صرف ضروریاتِ زندگی تک محدود تھیں۔ ساڑیاں جھلملانے لگیں۔ پھول مہک اُٹھے اور طلائی چوڑیاں نغمہ زن ہوگئیں......عذرا کے لیے حسین نازک چپل ہو......عذرا کے لیے قدِ آدم آئینہ ہو......عذرا کے لیے شربتی ریشم ہو۔ عذرا کے لیے.....عذرا اس کی خواہشات میں

بھنور بن کر آئی تھی۔

اُس نے ایک چھوٹا سا پرانا ٹائپ رائٹر خرید لیا۔ تاکہ فرصت کے وقت ٹائپ کر کے اپنی آمدنی بڑھائے۔ یہ سب اس کے دل کی گہرائیوں میں ہوا اور کسی کو معلوم نہ ہوا کہ ان گہرائیوں میں کیا ہو رہا ہے۔ اور اس کی خاموشی ایک حسرت بھری تشویش ہے۔

عذرا کو پہلی مرتبہ ساڑی میں دیکھ کر نذر کی آنکھ میں ایک مخمور چمک آگئی۔ بوڑھی ماں نے جھکی ہوئی آنکھوں سے بیٹے کی تبسم کو محسوس کیا۔ اُسے ایسا محسوس ہوا جیسے غسل خانے یا کسی جگہ کوئی ضروری کام بلا رہا ہو۔ اُس کی آنکھوں نے چاروں طرف دیکھا پھر وہ نذر کی جرابوں میں آن ٹھہریں۔ ''بیٹا یہ جُرابیں مجھے دے دو'' اُس نے کہا۔ ''دیکھو کیسی میلی ہو رہی ہیں، لاؤ میں انہیں دھو دوں۔''

نذر نے چونک کر اپنی نگاہوں کو عذرا کی نیلی ساڑی سے چھڑاتے ہوئے کہا۔ ''نہیں اماں یہ تو اچھی بھلی ہیں۔ ابھی پرسوں ہی پہنی تھیں؟

''نہیں بیٹا۔'' ماں نے اسرار سے کہا۔ ''کیا ہرج ہے؟''

جرابیں لے کر ماں چلی گئی۔ کچھ دُور تک نذر اُس کو جاتے ہوئے دیکھتا رہا۔ پھر عذرا کی طرف مڑ کر اُس نے مسکراتے ہوئے کہا۔ ''عذرا یہ نیلی ساڑھی تمہیں بہت زیب دیتی ہے۔ میری طرف دیکھو نا عذرا۔''

نذر نے اپنے ہاتھ سے عذرا کا ٹمنہ اپنی طرف پھیر دیا، عذرا نے آنکھیں جھکا لیں۔ ''ہاں۔'' اُس کے دل کا کوئی حصہ کہہ رہا تھا۔ اُن کو بھی نیلی ساڑھی بہت پسند تھی۔ اس روز پارک میں شوق سے دیکھتے رہے تھے۔ کس قدر پیار بھری نگاہیں تھیں۔ کس قدر پیاری آواز تھی۔ عذرا، نیلی ساڑھی کیسی زیب دیتی ہے۔ اور کس پیار اور منت سے انھوں نے مجھ سے وعدہ لیا تھا۔ عذرا وعدہ کرو تم ہمیشہ نیلی ساڑھی پہنا کرو گی۔ میرے لیے، میری خوشی کے لیے، زندگی کے لیے، اور وعدہ لے کر کس قدر خوشی کا اظہار کیا تھا کیسی دیوانگی سے جھومے تھے........

اُس نے اپنے ہاتھ پر دباؤ سا محسوس کیا۔ سوئی کی چبھن نے اُسے بیدار کر دیا۔ اُس نے اپنا ہاتھ آہستہ

سے چھڑا لیا اور اُٹھ کر سولی کے قریب جا بیٹھی۔ وہ سولی سے باتیں کرنا چاہتی تھی۔ پوچھنا چاہتی تھی "تم میرے ہونا سولی؟ وہ محسوس کر رہی تھی کہ صرف سولی ہی ایک ہستی ہے جس سے بات کرنے کے لیے بولنے کی نہیں۔

اُنہیں نیلی پسند تھی نا سولی؟ وہ مجھے نیلی کہا کرتے تھے۔ تم اس نیلی کو جانتے ہونا؟ اس میں ان کے ہاتھوں کو لو ہے۔ ان کے پیار کی سلوٹیں ہیں۔ ان پھولوں کا رس ہے جو وہ میرے لیے توڑ کے لایا کرتے تھے۔ کیوں سولی۔ تم جانتے ہونا؟....... مگر تم نہیں جانتے۔ تم نے اُنہیں کبھی نہیں دیکھا۔ تم صرف سمجھتے ہو۔ اور سولی ان کے ترستے ہاتھ، بڑے بڑے پیارے پیارے بے تکلف ہاتھ اور چھیڑ دینے والی شوخ باہیں اس کے کندھوں کے گزشتہ دباؤ تازہ ہو رہے تھے۔ وہ اُٹھ بیٹھی اور اندر جا کر چارپائی پر لیٹ گئی اُس کی نیم وا آنکھوں نے اس مختصر کمرے کو اپنے دامن سے جھٹک دیا.....

یُوں ہی تو رہنے کو عذرا اس مکان میں رہتی تھی مگر اس کی نیم وا آنکھوں کو وہ چار دیواری قید نہ کر سکی۔ یا شاید اس چار دیواری کی وجہ سے ہی وہ نیم وا آنکھیں دُور بین ہو گئیں۔ وہ اپنے دِل کی دُنیا ان نیچی نگاہوں کی جھکی ہوئی مژگاں پر اٹھائے پھرتی اور شاید جھکی ہوئی ہونے کی وجہ سے ہی ان نگاہوں نے نذر کی دُنیا بدل ڈالی۔ گو نذر ان کھوئی کھوئی نگاہوں کو دیکھ کر جیتا تھا مگر کبھی کبھی ان نگاہوں کی دسعتوں کو محسوس کر کے اسے شاید ڈر محسوس ہوتا مگر شاید وہ ہلکا ڈر ان نگاہوں کو نذر کے لیے اور بھی جاذب بنا رہا تھا عذرا جب کبھی اپنے دل کی دنیا سے چونک پڑتی اور دیکھتی کہ نذر اُس کی طرف ٹکٹکی باندھ کر دیکھ رہا ہے تو وہ آنکھوں کو جھکا لیتی۔ وہ ایک تبسم نذر کے لیے پیامِ حیات بن جاتا۔ وہ اس حیا سے لبریز تبسم کے لیے اپنی زندگی، اپنا آپ سبھی کچھ دے دینے کے لیے ہی تیار تھا۔ پھر اُس کی نذر نیلی ساڑھی پر پڑ جاتی اور وہ محسوس کرتا کہ وہ دن بدن پہننے کے نا قابل ہو رہی ہے۔ اس میں وہ چمک نہ رہی تھی۔ وہ سوچتا دیکھو کتنی جگہوں سے پھٹ رہی ہے، بوسیدہ ہو چکی ہے چمک نہیں، پھر بھی عذرا اُسے میرے لیے پہنے پھرتی ہے۔ اس لیے کہ میں اسے نیلی ساڑی میں دیکھ کر خوش ہوتا ہوں۔ صرف میری خوشی کے لیے۔ حالانکہ اُس کے پاس سُرخ ساڑھی بھی تو ہے

بلکہ سُرخ ساڑھی تو اور بھی قیمتی ہے۔ کتنی پیاری ہے وہ۔ عورت کو خاوند کی خوشی زیبائش سے بھی زیادہ عزیز ہوتی ہے..... ہندوستانی عورتیں..... وفا کی دیویاں.....

مگر یہ ساڑھی تو اَب پہننے کے قابل نہیں۔ گوندرام کہہ رہا تھا۔ ایسی ساڑی چالیس روپے کو ملے گی۔ چالیس روپے! ساڑھیاں بھی کس قدر مہنگی پڑتی ہیں..... اس کے مُنہ سے بے ساختہ آہ نکل جاتی اور پھر وہ کمر جھکا کر اپنے ٹائپ رائٹر کے سامنے جا بیٹھتا۔ اُس کے صبح و شام چالیس روپے کی آرزو میں بسر ہو رہے تھے۔ وہ سوچتا تھا جب چالیس روپے لے کر وہ ساڑھی لائے گا۔ عذرا دیکھے گی۔ خوشی بھری، تعجب بھری، محبت بھری نگاہ، اُس لحہ بھر کی نگاہ حاصل کرنے کے لیے وہ عمر بھر محنت کرنے کے لیے تیار رہتا۔

عذرا اُس کے پاس بیٹھی رہتی۔ مگر اُس نے کبھی آنکھ اُٹھا کر بھی نذر کو نہ دیکھا تھا بلکہ وہ نذر کے وجود یا موجودگی کے احساس سے قطعی بیگانہ تھی۔ وہ اُس کے چہرے کی بناوٹ سے بھی اچھی طرح واقف نہ تھی صرف اس کی پیشانی اور دانت دیکھتی، باقی خط و خال کو اپنی نگاہوں میں اٹکنے نہ دیتی۔ شاید اس لیے کہ نذر کی پیشانی اور دانتوں میں کچھ سلیم کی سی جھلک تھی۔ وہ دونوں اکثر ایک دوسرے کے پاس بیٹھے رہتے مگر پاس بیٹھنے کے باوجود ایک دوسرے سے کوسوں دُور تھے...... دن بھر سولی سے باتیں کرتی رہتی اور پھر سلیم کے پاس پہنچنے کے لیے اسے صرف آنکھیں جھکانے کی ضرورت تھی۔

ایک روز دوپہر کے وقت جو عذرا ماں کے پاس بیٹھی کچھ بُن رہی تھی۔ ایک اجنبی عورت آکر ان سے اِدھر اُدھر کی باتیں کرتی رہی۔ پھر ماں جب اندر نماز پڑھنے کے لیے گئی تو عورت نے عذرا کا ہاتھ پکڑ کر اس میں لپٹا ہوا کاغذ کا گولہ رکھ دیا اور اُس کی مٹھی بند کر دی۔ اُس نے دبی ہوئی آواز سے کہا۔ ''یہ انہوں نے دیا ہے وہ یہاں آئے ہوئے ہیں۔''

پہلے تو عذرا حیرانی سے اس کے مُنہ کی طرف دیکھتی رہی پھر اُس نے اپنی مٹھی کھول کر دیکھا۔ اُس کے ہاتھ میں ایک مڑا تڑا ہوا لفافہ تھا اس نے لفافے کو غور سے دیکھا۔ اُس کی سمجھ میں

نہ آتا تھا کہ کون آئے ہوئے تھے اور وہ بڑھیا کون تھی۔ اس کی طبیعت میں تشویش اور ڈر پیدا ہو گیا، مگر وہ عورت جا چکی تھی۔

غالباً وہ اپنے خیالی سلیم سے اس قدر مانوس ہو چکی تھی اور اپنی دنیائے تصور میں اس قدر کھو چکی تھی کہ اسے کسی جیتے جاگتے سلیم کا انتظار نہ تھا۔ خیال تک بھی نہ رہا تھا۔ شاید اگر سلیم بذاتِ خود اس وقت اس کے سامنے آ موجود ہوتا تو اُسے بیگانہ محسوس ہوتا۔ بہرصورت اُس کی سمجھ میں نہ آیا کہ وہ لفافہ کس کا تھا اس کے دل میں اس لفافے کو کھولنے کی ہمت نہ پڑی تھی، اور سخت پریشانی محسوس کر رہی تھی۔ اس نے اس کاغذ کے گولے کو پھر سے اپنی مٹھی میں دبا لیا۔ اُٹھ بیٹھی اندر چلی گئی۔ پھر باورچی خانے میں گئی صحن میں آئی ..... اُسے معلوم نہ تھا کہ وہ کہاں جا رہی ہے یا کس لیے یہاں وہاں گھوم رہی ہے۔ جس طرح طوفان آنے سے پہلے کسی ویران ساحل پر کسی نامعلوم آنے والے ڈر کو محسوس کرتے ہوئے پرندے ان کالی اداس چٹانوں پر دیوانہ وار منڈلاتے ہیں۔

وہ اپنی مٹھی میں اس کاغذ کے گولے کو بھینچ بھینچ کر نا پید کر دے اور اپنی دنیا کو محفوظ کر لے ..... کمرہ گھوم رہا تھا ..... اس نے اپنے آپ کو ٹرنک کے اوپر بیٹھے ہوئے پایا۔ ٹرنک کھلا تھا۔ وہ لپٹا ہوا لفافہ اُس کی گود میں پڑا تھا۔ اُس نے کھوئے ہوئے انداز سے اُسے پھاڑ کر کھولا ..... اُس کی آنکھوں تلے الفاظ ناچ رہے تھے۔ دل دھڑک رہا تھا۔ نگاہیں تیزی سے لفظوں پر سے پھسل رہی تھیں۔ جیسے وہ مضمون کے سحر سے بچنا چاہتی ہو۔ اُس نے صرف یہی سمجھا کہ وہ آئے ہوئے ہیں اور اُس کو ساتھ لے جانے پر مُصر ہیں۔ اُس کے انداز سے ایسا معلوم ہو رہا تھا جیسے وہ زبانِ حال سے کہہ رہی ہو بس مجھے اسی کا ڈر تھا اور یہی ہو کر رہا۔ وہ بھاگی پھر رہی تھی مگر خط کا مضمون اُس کا پیچھا کر رہا تھا اور بُوند بُوند اُس کے دل کی گہرائیوں میں ٹپک رہا تھا۔ اس پر غلبہ پا رہا تھا۔ آخر وہ پلنگ پر لیٹ گئی اور ایک ایک سطر اُس کے سامنے ناچ گئی ..... جانا! چلے جانا ..... اُس کا دل کانپ اٹھا ..... دماغ میں خلا سا پھیل گیا۔ ماحول میں کوئی مفہوم نہ رہا ..... اس وقت کائنات اُس کے لیے ایک بے معنی پھیلاؤ تھی۔

رات کو وہ چیخ مار کر اٹھ بیٹھی۔ اس رات سلیم کی بجائے کئی اور خوفناک شکلیں اُس کے خوابوں میں گھس آئی تھیں۔ بھدے بھدے ہاتھوں اور سفید سفید دانتوں والی ڈراؤنی۔ نذر کرسی پر بیٹھا ہوا تھا اُس نے دونوں ہاتھوں سے عذرا کو تھام لیا۔ "کیا ہے عذرا!" اُس کا چہرہ فکر اور خوف سے بھیانک ہو رہا تھا۔ "آج تمہیں کیا ہوا ہے۔ تم بیمار تو نہیں۔" عذرا کو ایسا محسوس ہوا جیسے میلوں دُور کوئی کچھ کہہ رہا ہو۔ اُس نے چاروں طرف دیکھا اُس کی یادداشت صاف ہو رہی تھی۔".....

ہاں۔ وہ عورت ..... دوپہر ..... وہ خط ..... اُن کا خط..... سلیم کا ..... وہ یہاں آئے ہوئے ہیں ..... وہ مجھے لے جانا چاہتے ہیں۔" اُس نے جھرجھری لی۔

نذر کسی سے خدا جانے کیا کیا کہہ رہا تھا۔ عذرا نے آنکھیں بند کر لیں اور اُس کا سر کسی کے شانوں پر جا ٹکا۔ آج پہلے دن عذرا کا سر سلیم کے شانوں پر نہ تھا۔ جانے تکیے پر تھا یا پتھر پر ..... مگر نذر کے شانوں پر عذرا سر تھا۔ اور عذرا کے بالوں کی دھیمی دھیمی خوشبو نذر کو فکر مند اور پریشان کر رہی تھی۔

عذرا کا دل کئی ایک خواہشات میں جھول رہا تھا۔ چھوٹی چھوٹی خواہشات ایک دوسرے سے جھگڑ رہی تھیں۔ ایک حصّہ سولی شکل میں کہہ رہا تھا تم ان کی ہو عذرا۔ اور اب اُن سے تم کو کوئی نہیں چھین سکتا۔ ایک فراخ پیشانی اور سفید سفید دانت کہہ رہے تھے۔"عذرا تم بیمار تو نہیں۔ تمھیں کیا ہوا ہے عذرا؟ دو بھدے ہاتھ کہہ رہے تھے۔" تم آنکھیں جھکالو۔ عذرا تمہاری دنیا تو ہمارے پاس ہے۔" سامنے سلیم کھڑا ہے تھا۔ وہ قہقہہ مار کر ہنس رہا تھا۔ ڈراؤنی ہنسی۔ پیاری ہنسی..... "

شام کو وہ سولی سے کہہ رہی تھی۔ "سولی تم اکیلے رہ سکو گے؟ اگر میں چلی جاؤں تو مجھے یاد کرو گے؟ مجھے بُرا تو نہیں کہو گے۔ وہ درخت جو میرے کمرے کی کھڑکی سے باہر دکھائی دیتا ہے۔ کیوں سولی میں اُن کے ساتھ چلی جاؤں؟ دنیا کیا کہے گی؟ ابّا جان کیا کہیں گے؟ سولی!! تم تو جانتے ہو۔ تم تو سمجھتے ہونا!"

شام کو اُس نے نیلی ساڑھی کو لپیٹ کر ایک پارسل بنالیا۔ اور اُسے میز پر رکھ دیا۔ اُس کا دل ہلکا سا درد محسوس کر رہا تھا۔ پھر وہ جلدی اپنے کمرے میں جا لیٹی، اُس روز وہ سوچنا نہیں چاہتی

تھی۔ وہ سوچنے سے ڈرتی تھی۔ اُس نے ایک پرانا رسالہ اٹھالیا۔ پڑھنے کی کوشش کی۔ مگر الفاظ اُس کی آنکھوں تلے ناچ رہے تھے۔ صفحات کبھی سفید ہو جاتے اور کبھی الفاظ ایک دوسرے سے ٹکرا کر گھوم جاتے ..... اُس نے باہر پاؤں کی چاپ سنی۔ اُس روز اُس کی قوتِ سامعہ بہت تیز ہو رہی تھی۔ اُس نے نذر کو ماں کے کمرے میں جاتے ہوئی سُنا۔ اُس کے پاؤں کی آہٹ بتا رہی تھی کہ نذر کی طبیعت ٹھیک نہیں۔ عذرا کھڑکی کے سامنے بیٹھی تھی۔ کھڑکی باہر سڑک پر کھلتی تھی۔ سامنے بوڑھا شیشم کا درخت تھا۔ سلیم آج وہاں آنے والا تھا۔ وہ اس بات کو بھول نہیں سکتی تھی۔ اُس کی نظر بار بار کھڑکی سے باہر درخت پر جا جمتی۔ اس وقت کھڑکی بند تھی۔ مگر شیشے میں صاف نظر آرہا تھا۔ باہر سڑک پر کبھی کبھی کوئی راہ گیر گزرتا تو اُس کے پاؤں کی چاپ صاف سنائی دیتی۔ خاموشی چھا جاتی۔ شیشم کا درخت متانت سے کھڑا تھا۔ عذرا یوں محسوس کر رہی تھی جیسے وہ درخت اُس کے ہر راز سے واقف ہو۔ صحن والی کھڑکی میں سولی کا پنجرا تھا۔ سولی دو روز سے خاموش بیٹھا تھا۔ اُس نے باتیں کرنی چھوڑ دی تھیں۔ ایسا معلوم ہوتا تھا جیسے سولی تمام دنیا سے بیزار ہو چکا ہو۔ پھر عذرا کی نگاہ میز پر پڑی۔ نیلی ساڑھی والے پارسل کو دیکھ کر عذرا لپک کر اُٹھ بیٹھی۔ اُس نے پارسل اٹھایا۔ وہ سوچ رہی تھی کہ اُسے کہاں رکھے۔ دروازے کے قریب جا کر اُس نے سُنا، ماں بیٹا باتیں کر رہے تھے۔

"تم نے تو اپنا آپ تباہ کر لیا ہے۔ صبح تمام کام۔ دن رات کام۔ ہر وقت کی ٹِک ٹِک ..... ایک ساڑھی کے لیے اپنا آپ حلال کر دینا۔"

"نہیں اماں یہ نہ کہو۔" نذر بار بار کھانس رہا تھا۔ "جب سے وہ آئی ہے، ہم نے اُس کو دیا ہی کیا ہے۔ مگر اماں وہ ایسی اچھی ہے کہ کبھی گلہ تک نہیں کیا۔ میں اُسے دے ہی کیا سکتا ہوں۔ تنخواہ میں بمشکل گزارہ ہوتا ہے۔"

"مگر بیٹا اُس کے پاس اور بھی تو ساڑھیاں ہیں۔ وہ کیوں نہیں پہن لیتی۔ پھر وہ نیلی ساڑھی کے لیے کیوں اس قدر مصر ہے، میں تو نہیں سمجھتی ..... ہمارے زمانے میں ....."

''اماں تم بھولتی ہو۔ اُس نے تو مجھ سے نہیں کہا ..... مگر یہ تو معمولی بخار ہے تم فکر نہ کرو۔''

نذر آیا اور آتے ہی لیٹ گیا۔ اسے تیز بخار تھا۔ عذرا کھڑکی کے سامنے چُپ چاپ بیٹھی ہوئی تھی۔ اُس کی خاموشی کسی گہری دلی کشمکش کی چغلی کھا رہی تھی۔ اُس کے بھینچے ہوئے ہونٹ کسی چھپے ہوئی ہنگامے کا حال کہہ رہے تھے۔

''تم سو جاؤ عذرا۔'' نذر نے دھیمی آواز میں کہا۔ ''تم کیوں میرے لیے بے آرام ہو، میری فکر نہ کرو، میں بالکل ٹھیک ہوں۔'' وہ بخار کی شدت میں وہ وہ کہہ رہا تھا جو اس نے کبھی نہ کہا تھا۔ جو وہ کبھی کہہ نہ سکا تھا۔ اُس نے اپنے ہاتھ میں عذرا کا ہاتھ پکڑ لیا۔ ''تم نہ ہوتیں عذرا تو میری زندگی میں یہ بات نہ ہوتی۔ تم میری زندگی ہو..... میں کتنا خوش نصیب ہوں۔ تمہیں دیکھ کر مجھے کوئی دکھ نہیں رہتا۔'' اُس نے اضطراب سے دو ایک کروٹیں بدلیں۔ پھر وہ عذرا کے پاؤں کے قریب ہو گیا۔ اُس قرب پر وہ خوشی محسوس کر رہا تھا جیسے کوئی بچہ بڑے پیارے کھلونے سے کھیلتا ہے۔ عذرا بُت بنی بیٹھی تھی۔ شاید وہ اس کی باتیں نہیں سن رہی تھی یا نہ سننے کی کوشش کر رہی تھی۔ پھر یکلخت اس نے اپنے پاؤں پر دو گرم ہونٹوں کو مس کرتے ہوئے محسوس کیا وہ چونک اٹھی، کانپ اٹھی۔ اُس کی نگاہیں جھک کر نذر پر جم گئیں۔ آج پہلی مرتبہ اُس نے نذر کو نگاہ بھر کر دیکھا اور پہلی مرتبہ اسے احساس ہوا کہ وہ نذر کے پاس ہے۔

نذر تمام رات بخار سے بے چین رہا وہ بار بار بڑبڑا اٹھتا۔ ''چالیس روپے۔ نیلی چالیس روپے۔'' وہ اکثر عذرا عذرا چیخ کر اُٹھ بیٹھتا۔ پھر وہ عذرا کی طرف دیکھ کر کہتا۔ ''تم میرے پاس ہو نا عذرا..... ہاں ..... تم میرے پاس ہو۔'' پھر وہ آرام سے لیٹ جاتا۔ ''تم آرام کرو عذرا۔ تم اب سو جاؤ..... تم بیمار ہو جاؤ گی۔ میری فکر نہ کرو۔ میں اب اچھا ہوں۔'' اس وقت عذرا کی آنکھیں کھڑکی سے ہٹ جاتیں، اور وہ کسی الجھاؤ میں پڑ جاتی۔ اُس کا سر گھوم رہا تھا۔ اُس کا حلق خشک تھا۔ وہ سوچ بچار کے ناقابل تھی باہر چاند کی چاندنی میں شیشم کا درخت اپنی شاخیں پھیلائے کھڑا تھا۔ اور کوئی دھندلی سی شکل اُس کے نیچے کھڑی نظر آ رہی تھی۔ عذرا بڑبڑا رہی تھی وہ آئے

ہیں۔ ہاں!" عذرا کا جی چاہتا تھا کہ سلیم سے جا ملے۔ کوئی اس کا دامن پکڑ لیتا۔ عذرا اُٹھ بیٹھی۔ اُسے پتہ نہ تھا کہ وہ کیا کر رہی ہے۔ یا کیا کرنا چاہتی ہے۔ باہر ہوا زور سے چل رہی تھی اور درختوں کی ٹہنیاں لپٹ لپٹ کر رو رہی تھیں۔ عذرا نے کانپتے ہوئی ہاتھوں سے اپنی نیلی ساڑھی اُٹھالی، نذر بڑبڑا اٹھا۔ "نیلی نیلی چالیس روپے۔" عذرا ڈر گئی۔ اُس کا سر انگارے کی طرح گرم گرم محسوس ہو رہا تھا۔ سولی نے چیخ ماری۔ دردناک چیخ۔ عذرا نے اُسے دیکھا۔ غریب سولی اپنے پنجرے میں یوں پھڑ پھڑا رہا تھا جیسے وہ عذرا سے کچھ کہنے کے لیے مضطرب ہو۔ میز پر پنسل پڑی تھی۔ دفعتاً عذرا نے وہ پنسل پکڑلی۔ وہ پارسل پر لکھ رہی تھی۔ "میں نہیں آسکتی۔" اُس نے پنسل اپنے آپ سے چھین کر پھینک دی۔ اس ڈر کے مارے کہ وہ لکھا ہوا کاٹ نہ دے۔ اُس نے کھڑکی کھولی اور باہر دیکھے بغیر ہی وہ پاسل سڑک پر پھینک کر جھٹ دروازہ بند کر لیا جیسے وہ کھڑکی کے کھلے رہنے سے ڈر رہی ہو۔ وہ دھندلی سی شکل آگے بڑھی۔ عذرا پیچھے ہٹ گئی۔ اُس نے اپنی آنکھیں بھینچ کر بند کرلیں۔ اور اپنے کانوں میں اُنگلیاں دے دیں۔ اُس کے کانوں میں ایک شورِ محشر سنائی دے رہا تھا..... کچھ دیر کے بعد اُس نے دیکھا کوئی پارسل ہاتھ میں پکڑے جا رہا تھا..... وہ چیخ کر اُسے بلا لینا چاہتی تھی..... اُس نے اپنے دل میں دستک کی آواز سُنی اور دھم سے کرسی میں گر گئی۔ "یہ میں نے کیا کر دیا، یہ میں نے کیا کر دیا۔ اُس کے دل سے دیوانہ وار آوازیں آرہی تھیں۔ اُس کی آنکھ سے آنسو گر رہے تھے..... بے اختیار اُس کے منہ سے چیخ ہچکی کی شکل میں نکل گئی۔

نذر اٹھ بیٹھا ..... کیوں عذرا ..... کیوں..... ہیں..... تم روتی ہو؟ تم کیوں روتی رہی ہو۔ عذرا میں یہاں ہوں میں تمھیں چھوڑ نہیں جاؤں گا۔ میں تمہارا ہوں۔ عذرا تم فکر نہ کرو۔ سو جاؤ۔ نذر نے عذرا کا سر اپنے شانوں پر رکھ لیا۔ عذرا کی ہچکیاں رُکتی نہ تھیں۔ "میں نے کیا کر دیا، میں نے کیا کر دیا، سلیم تم نہ جاؤ! سلیم! سلیم! اُس نے اپنا سر جھکا لیا۔ آنکھیں بند کرلیں۔ سلیم سامنے کھڑا تھا۔ پھر اُس کا سر سلیم کے شانوں پر جھک گیا۔ سلیم مجھے تم سے کوئی جُدا نہیں کر سکتا....."

پھر اُس نے سُنا جیسے میلوں دُور کوئی کہہ رہا تھا۔ "عذرا میری وفا کی دیوی۔"

☆☆

دیویندر اسّر

سدھارتھ

ریلوے اسٹیشن کے باہر اچانک میری ملاقات پریش رائے سے ہوگئی۔ دو۔ ڈھائی برس بعد۔ یہ ایک چھوٹا سا ریلوے اسٹیشن تھا۔ پریش رائے سڑک کے کنارے ناریل پانی پی رہا تھا۔ میں نے اُسے بتایا کہ میں اپنی فرم کی نئی پروڈکٹ کی پرورش کے لئے آج رات ہی دہلی کے لئے گاڑی پکڑنی ہے۔ دلی جانے والی اِس سے پہلے کوئی گاڑی نہیں۔

''چلو۔ پہلے ناریل پانی پیو۔ پھر کہیں بیٹھ کے اطمینان سے باتیں کرتے ہیں؟''۔ اُس نے کہا۔

ناریل پانی پینے کے بعد ہم سڑک کے کنارے ایک ٹی اسٹال میں چلے گئے اور ایک دھول بھری مَیل جمی میز کے گرد ایک ٹوٹے پھوٹے بنچ پر بیٹھ گئے۔

دو اسپیشل۔ پریش رائے نے آرڈر دیا۔

چائے والے نے کیتلی میں آدھا کپ دودھ اور دو چمچ چینی اور ڈال دی۔ دو پھین بھی دے دینا۔

میں چائے والے کی تہہ در تہہ چائے کی پتی جمی کالی سیاہ کیتلی کو دیکھ رہا تھا۔

''کیا سرد ے کر رہے ہو مسٹر ــــــ ''اُس نے مجھے چائے والی کی طرف دیکھتے ہوئے کہا۔

''کچھ نہیں''۔ میں نے کہا۔

''بھائی دیکھتے کیا ہو؟ اِس کا باہر بھیتر ایک ہی ہے۔'' وہ بولا۔

اتنے میں چائے آگئی۔ ساتھ میں دو پھینکین اور کئی مکھیاں بھی۔

ٹی اسٹال کے باہر دھول اُڑ رہی تھی اور اندر کالے دھوئیں سیاہ آنکھیں جل رہی تھیں۔

''ہماری فرم بڑے پیانے پر شہروں کے نواحی علاقوں، قصبوں اور دیہاتوں میں اپنا بزنس پھیلا رہی ہے۔ ابھی تک اِن علاقوں میں نیورچ اور بڑھتی وئی مڈل کلاس کو پوری طرح ٹیپ نہیں کیا گیا ....خیر چھوڑو اِن باتوں کو۔ تم یہاں کیا کر رہے ہو؟'' ـــــ میں نے پوچھا۔

''بس۔ یونہی ذرا گھومنے نکل پڑا''۔ اُس نے انگوچھے سے منہ صاف کرتے ہوئے کہا۔ اور پھر انگوچھا میری طرف بڑھا دیا۔ میں نے رُومال نکال لیا تھا۔ یہ ہمارا انگ وستر ملٹی پرپز ہے۔ سفر پر نکلے تو گلے میں ڈال لیا۔ تھک گئے تو کمر میں باندھ لیا۔ دھوپ لگی تو سر پر رکھ لیا۔ ہاٹ گئے تو سودا سلف باندھ لیا۔ اشنان کیا تو شریر پونچھ لیا۔ نیند آئی تو سر کے نیچے رکھ لیا ـــــ اچھا تم یہاں کہاں ٹھہرے ہو؟۔

اُس نے پوچھا۔

''ابھی تو کہیں نہیں۔ اور پھر دِن بھر کی ہی بات ہے۔ ویسے بھی یہاں ٹھہرنے کی کوئی مناسب جگہ دکھائی تو دی نہیں۔ اِدھر اُدھر گھوم لوں گا۔ سمے کٹ جائے گا''۔ میں نے کہا۔

''تو پھر میرے ساتھ چلو۔ شام کو لوٹ آنا۔''

''کہاں؟''

''یہیں پاس میں ایک گاؤں ہے۔ پانچ چھ کوس کی دوری پر۔ ساتھ بھی رہے گا اور تمہارا مارکٹ سروے بھی ہو جائے گا۔ تھوڑی دیر میں بس آنے والی ہی ہوگی۔''

ہم سڑک کے کنارے ایک درخت کے گرد بنے چبوترے پر بیٹھ گئے۔ دو چار مسافر اور بھی انتظار کر رہے تھے۔ چند منٹوں بعد بس آگئی۔ اور ہم اُس میں سوار ہو گئے۔ کنڈکٹر کی کرپا تھی کہ ہمیں سیٹیں مل گئیں۔

ڈیزل، پسینے اور بیڑی سگریٹ کی بُو میں بس ہماری یاترا شروع ہوئی۔

''تم آگئے۔ بڑا اچھا ہوا۔ بات چیت میں سفر کٹ جائے گا۔'' وہ بولا۔

بس کچی پکی ٹوٹی پھوٹی سڑک پر دھول اُڑاتی، دھواں پھیلاتی، شور مچاتی، ہچکولے کھاتی، لڑھکتی

جارہی تھی۔بس کے اندر اتنا شور تھا کہ بات چیت بس اشاروں میں ہی ممکن تھی۔

پریش رائے نے انگوچھے سے مُنہ ڈھک لیا اور اُونگھنے لگا۔

☆☆☆

پریش رائے سے میری پہلی ملاقات مسوری میں ہوئی تھی۔۔ میں اور وہ مسوری میں لائبریری کے پاس ایک ہی لاج میں ٹھہرے ہوئے تھے۔آتے جاتے اُس سے اکثر ملاقات ہوجاتی تھی،وہ صبح تڑکے نکل جاتا اور شام کو اندھیرا ہوتے ہی واپس آتا۔میں یہاں کچھ اپنے کام سے اور کچھ نندنی شودا سانی کے فیشن شو کے سلسلے میں دن بھر مصروف رہتا۔رات کھانے پر کسی ریستوراں میں اُس سے ملاقات ہوجاتی۔جب بارش میں باہر نکلنا بند ہوجاتا تو وہ بالکنی میں بیٹھ کر بادلوں اور بوندوں کا نظارہ کرتا رہتا۔اور جب پانی کی بوچھاڑ اُس کے جسم کو شرابور کردیتی تو وہ اپنے کمرے میں بند ہوکر کوئی کتاب پڑھنے لگتا۔یا اکیلے ہی شطرنج کھیلنے لگتا____ وہ کبھی کبھی وائلن بھی بجاتا تھا۔

جس روز نندنی شودا سانی کے فیشن کا باقاعدہ طور پر افتتاح ہونا تھا میں نے اُسے بھی چلنے کے لئے کہا۔لیکن شاید اُسے میرا آئیڈیا کچھ پسند نہیں آیا۔

میں نے بڑے ہی فلمی انداز میں کہا____ ہر وہ آدمی جو کچھ بھی وہ ہے۔وہاں موجود ہوگا رنگ برنگ لباسوں میں شوخ وشنگ لڑکیاں،تڑک بھڑک،چکا چوند روشنی میں چمچماتے تھرکتے،سجے سجائے جوان جسم____ ہواؤں میں رنگ،روشنی اور خوشبوئیں بکھیرتے ہوئے........

اُس نے میری طرف دیکھا اور مسکرادیا۔اور پھر کتاب پڑھنے میں مصروف ہوگیا۔

''چلو تھوڑی دیر کے لئے ہی آجانا۔'' میں نے کہا۔'' چہل قدمی بھی ہوجائے گی اور نندنی شودا سانی سے تمہاری ملاقات بھی ہوجائے گی۔''او کے' اُس نے کہا۔

سوائے ہوٹل میں فیشن شو کا گرانڈ افتتاح____ دلی کی مشہور کامیاب صنعت کار اور معزز سماجی خاتون ارونا ملہوترہ نے کیا تھا۔شو بڑا کامیاب رہا۔نمائش بینوں،____ خریداروں اور سلے

برٹیز ــــ کے جمگھٹ کے باعث بھی اور بزنس کے لحاظ سے بھی۔ ہم بہت خوش تھے۔ اتنے میں پریش رائے بھی آ گیا۔ میں نے نندنی شوداسانی سے اُس کا تعارف کرایا۔ ــــ رنگوں، روشنیوں اور خوشبوؤں کے اِس شیشہ گھر میں میرا شامل ہونا کچھ انٹی فیشن سا لگتا ہے۔'' پریش رائے نے کہا۔

''اوہ ــــ نو ــــ انٹی فیشن بھی ایک فیشن ہے۔'' نندنی شوداسانی بولی ــــ ''کوفی یا کولڈ ڈرنک؟۔''

''پہلے کولڈ رنک، بعد میں کوفی۔''

جب میں چلنے لگا تو وہ بولا۔''اونلی کوفی پلیز۔''

نندنی شوداسانی پریش رائے کو اپنے نئے ڈیزائنز دکھا رہی تھی۔

''فیشن کی مارکٹ بڑی تیزی سے بدل رہی ہے۔ ہر روز نئے ماڈل، نئے لباس، نئی تراش خراش۔ اب تو زمانہ دی بولڈ اینڈ دی بیوٹی فل اور THE RICH AND THE FAAMOUS کا ہے۔ HAUTECOUTOUR کے لئے جتنی INVESTMENT چاہئے وہ میں ایفورڈ نہیں کر سکتی۔ میں تو PRET-A-PORTE یا پولر پرائس پر ریڈی ٹو ویر ڈریسز ہی تیار کرتی ہوں۔ لیکن میری کریئشنز آرٹسٹک ہوتی ہیں۔'' نندنی پریش رائے کو بتا رہی تھی۔

''وہ تو ہے ہی۔ پینٹس ہوں یا پوشاکیں ــــ اوراق نظر آئی ہیں۔ جو شکل نظر آئی۔ تصویر حسین نظر آئی۔'' پریش نے کہا۔

''یہ میری نئی بنائی پوشاکیں ہیں ــــ'' نندنی نے اپنے پہنے ہوئے لباس کی طرف اشارہ کرتے ہوئے کہا۔ PSYCHEDLIC رنگوں والا ہالٹر، کریم کلر جیکٹ۔ اور اُسی رنگ کے پیڈلِلز۔ شانے پر سُرخ شول، نارنجی فلیٹ فارم شوز۔ کلائیوں پر بون اور سیپوں کی جیولری۔ گلے میں تعویز نما دھاتو کا پینڈل ــــ ''کوفی کا پیالہ ہاتھ میں لئے پریش رائے اُس کے ساتھ ساتھ چل

رہا تھا ___ نیلی فیڈڈ جینس، کھادی کا بھورا کرتا، راجستھانی مرزئی، کولہاپوری چپل اور گلے میں منی پوری سُرخ سیاہ سفید مفلر ___ آرک لائٹ میں خوش رنگ ملبوسات اور لوگوں کی اس بھیڑ میں مجھے وہ کوئی جادوئی متحرک کمپوزیشن نظر آرہے تھے ___ میں نے پہلی بار محسوس کیا ___ پریش رائے کی آنکھوں میں اتنی چمک ہے جیسے وہ سب کچھ اپنے اندر جذب کر رہی ہے ___ اور میں نے کئی بار محسوس کیا کہ نندنی کے تانبہ رنگ بدن میں کتنی مقناطیسی کشش ہے۔

ہال میں فوٹوگرافرز کے کیمروں کی فلیش لائٹز جل بجھ رہی تھیں اور میڈونا کا گیت سن فلو کی گرم ہواؤں میں تیر رہا تھا ___ آئی ایم اے میٹریل گرل۔

جس روز فیشن شو ختم ہوا۔ میں نے نندنی شوداسانی کو اپنے لاج میں مدعو کیا۔ تھوڑی دیر تک بکنگ اور کولکشن کی باتیں ہوتی رہیں اور پھر ہم پریش رائے سے ملنے اُس کے کمرے میں چلے گئے۔

وہ کوئی کتاب پڑھ رہا تھا ___ اُس نے کتاب ایک طرف رکھ دی۔

''کیا پڑھا جا رہا ہے؟'' نندنی نے کتاب اُٹھاتے ہوئے کہا۔ ''یہ ہرمن ہس کی سدھارتھ تھی۔''

''اتنی پرانی کتاب اب پڑھ رہے ہیں۔ چالیس پچاس برس پرانی تو ہوگی ہی۔'' نندنی نے کہا۔

''ستر برس پرانی۔ انگریزی میں چھپتے چھپتے بھی ۳۲۔۳۰ برس ہو گئے۔''

پھر بھی ___!

''آدمی پرانا ہو جاتا ہے۔ کتاب پرانی نہیں ہوتی۔'' پریش رائے بولا۔

شاید ایک ہم سب بوڑھے ہو جائیں گے۔ لیکن زمانہ اِن کتابوں سے بہت آگے نکل چکا ہوگا۔'' نندنی نے کہا۔

''زمانہ تاریخ میں آگے بڑھتا ہے۔ لیکن ''کال'' میں ہمیشہ موجود رہتا ہے۔''

''یہ کچھ فلاسفی کی بات ہے ____ ''نندنی بولی۔

''فلاسفی کی نہیں، زندگی کی ____ جب میں نے اِسے پہلی بار پڑھا تھا تو یہ محض ایک کتاب تھی۔

''اور اب؟''

''اور اب جب پڑھ رہا ہوں تو کسی بہت پرانے دوست سی لگتی ہے۔'' پریش نے کہا۔

''پھر بھی ____ گزرا ہوا زمانہ کبھی واپس نہیں آتا۔

''لیکن آدمی گزرے ہوئے زمانے میں لوٹ سکتا ہے۔ لوٹتا ہے۔ لوٹنا پڑتا ہے۔ اب آپ اپنی فیشن کی دنیا کو ہی لیجیے۔ آج کا فیشن پچھلے دس برسوں سے آگے بڑھا ہے۔ بڑھا ہے نا؟'' پریش رائے نے کہا۔

''بالکل بڑھا ہے۔''

''لیکن اُس سے پچھلے دس برسوں میں واپس چلا گیا ہے۔''

''وہ کیسے؟''

''وہی گرنج۔ GRUNGE۔ وہی سب کچھ جو ۲۰ سال پہلے تھا۔''

''اور بار بار وہی چنریا، چولی، لہنگا ____ روپ بدل کر سامنے آرہے ہیں۔''

''تو آپ بھی فیشن کے TRENDS پر نظر رکھتے ہیں۔''

''نہیں کچھ ایسا نہیں۔ بازار سے گزرتا ہوں تو کسی عورت کو نظر چُرا کے دیکھ لیتا ہوں۔'' پریش رائے نے نندنی شودانی سے اُس کے ڈیزائنر کے بارے میں پوچھا۔ اُس نے بتایا کہ اُس نے نیویارک انسٹی ٹیوٹ آف فیشن ٹکنالوجی میں ٹریننگ لی ہے۔ حوض خاص ولیج میں اُس کا بوتیک ہے۔؟''

''کیا نام ہے بوتیک کا؟''

''پیرہن''۔

"رنگ پیرہن کا خوشبو زلف لہرانے کا نام ___"

"آپ کو شاعری کا بھی شوق ہے۔؟"

"نہیں کچھ ایسا نہیں۔ بس یونہی کبھی کبھی کسی کا شعر گنگنا لیتا ہوں۔"

پھر نہ جانے کس بات پر نندنی اور پریش رائے میں بحث چھڑ گئی۔ موضوع فیشن اسکول، کالج یا FEMINISM نندنی کہہ رہی تھی۔ "وہ زمانہ گزر گیا۔ جب اسکول، کالج کی لڑکیاں شاعری پڑھتی تھیں اور آہیں بھرتی تھیں۔ شاعروں سے غائبانہ عشق کرتی تھیں اور تکیے بھگوتی تھیں۔ یہ MTV جنریشن ہے۔ ME جنریشن NOW جنریشن" نندنی متواتر بولے جارہی تھی۔

"صحیح کہہ رہی ہیں" پریش رائے بولا ___ "لیکن زمانے اتنا نہیں بدلا جتنا کہ آپ سمجھتی ہیں۔ ہر زمانے کے اپنے اپنے آئی کانس ہوتے ہیں۔ آئی کانس بدلنے سے نفسیات نہیں بدلتی۔" پریش رائے نے کسی کتاب کا حوالہ دیتے ہوئے کہا ___ "مجھے کچھ ہلکا سا یاد پڑتا ہے شاید وہ کتاب THE GENERAITON OF NARCISSES تھی۔ مسٹر پریش رائے۔ زندگی ہو یا انسان۔ اُسے کسی دوسرے کی کتاب سے نہ پڑھا جا سکتا ہے اور نہ ہی سمجھا جا سکتا ہے۔ اگر زندگی مایا جال ہے تو کتاب بھی شبد جال۔"......نندنی کی آواز میں ہلکا سا ارتعاش تھا۔ یہ بحث کی گرمی تھی یا شمپین کا اثر ___ معلوم نہیں۔

بالکل صحیح۔ زندگی ہو یا انسان۔ اُسے کسی دوسرے کی کتاب سے نہیں پرھا جا سکتا۔ لیکن ہر کتاب زندگی اور انسان کو نیا جنم دیتی ہے۔ اُسے کسی نئی انجانی دنیا میں لے جاتی ہے۔ کسی جانے پہچانے شبد کو معنی اور کسی احساس کو نیا شبد دیتی ہے۔ کسی جسم کو نیا لباس دینے سے کسی انسان کو نئی روح، نیا دشوار ہے۔ پریش رائے نے اپنی آواز اونچی کرتے ہوئے کہا ___ "لوگوں کی باتیں ہیں۔ معنی کتاب میں نہیں زندہ لوگوں میں ہوتے ہیں......نیم روشن کمروں میں سرگوشیاں کرتے ہوئے۔ لو دیتے جواں جسموں کا لمس محسوس کرتے ہو جو لوگ زندگی کی لذت سے محروم رہتے ہیں

وہ کتاب کی مصنوعی دنیا میں پناہ ڈھونڈتے ہیں۔اور سمجھتے ہیں کہ انہیں روشنی مل گئی۔وہ سدھارتھ سے گوتم انگریزی میں بول رہی تھی۔

پریش رائے نے کتاب کو ایک طرف سرکاتے ہوئے اور ذرا جھک کر کہا۔

مائی ڈیر نندنی شوداسانی۔ ہر احساس آدمی کی مندگی میں ایک ایسا زیرو ٹائم سا آتا ہے۔ جب وہ کتاب کی طرف آتا ہے اور پھر کتاب سے زندگی کی طرف لوٹتا ہے ــــــ یہ ایک انت ہین یاترا ہے۔انسان کے وراٹ درشن کی۔

نندنی نے کوئی جواب نہیں دیا۔اُس پر ہلکی سی غنودگی طاری ہو رہی تھی۔ ہم سب کمرے سے لان میں آئے۔رات بالکل سیاہ تھی۔ چاروں طرف مکمل سناٹا تھا۔باہر تھوڑی سردی اور نمی تھی۔شاید اوس پڑنا شروع ہو گئی تھی۔ پریش رائے نے اپنی شال نندنی کے شانے کے گرد لپیٹ دی۔اور پھر چپ چاپ اپنے کمرے میں واپس چلا گیا۔

میں نندنی کو اُس کے ہوٹل چھوڑنے اُس کے ساتھ چلا گیا۔

☆☆☆

دلی میں پریش رائے سے میری ملاقات اُس کے دفتر میں ہوئی۔نندنی شوداسانی کو ینشونت پلیس میں کسی ایکسپورٹ ایجنٹ سے ملنا تھا۔ ہمارے پاس قریب آدھا گھنٹے کا وقت تھا۔نندنی نے کہا ــــــ وہ تمہارا دوست..... کیا نام تھا ــــــ سدھارتھ۔نہیں ــــــ وہی جس سے تم نے مسوری میں ملوایا تھا۔'پریش رائے۔'میں نے کہا۔ہاں پریش رائے ــــــ اُس کا دفتر بھی تو یہیں کہیں ہے۔ مجھے پریش رائے کا صحیح پتہ معلوم نہیں تھا۔اور نہ ہی اُس نے بتایا تھا کہ وہ کیا کرتا ہے۔ یہ تو لاج کا جسٹر دیکھنے سے کچھ یاد رہ گیا کہ ینشونت پلیس میں اُس کا دفتر ہے۔لیکن نمبر معلوم نہیں۔ دو تین جگہ سے پوچھا لیکن کوئی تسلی بخش جواب نہیں ملا۔ جو حلیہ ہم نے بتایا تھا اُس حلیے کے کسی شخص کا دفتر یہاں نہیں تھا۔ایک ریسٹوراں کے مالک سے معلوم ہوا۔اس کا دفتر بائیں کوری ڈور میں تیسرے نمبر پر ہے۔تیسرے نمبر پر ایک چھوٹا سا سائن بورڈ لگا تھا۔

INFOMATICS CONSULTANCY۔ہم اندر داخل ہوئے۔ری سپشن ڈیسک پر ایک خوبصورت موڈ سیکریٹری سے سامنا ہوا۔میں نے نندنی سے کہا____ "یہ لڑکی تمہارا ماڈل بن سکتی ہے۔پریش رائے سے بات کرنا____ "سیکرٹری نے پریش رائے کو خبر دی۔شیشے کی دیوار کے پیچھے تین چار لوگ کام کررہے تھے۔اس شیشہ گھر سے ایک شخص باہر آیا____ گرے پتلون،دھاری دار قمیص۔ہلکے بھورے رنگ کی ٹائی لگائے۔

"پریش رائے"____ اُس نے اپنا ہاتھ بڑھاتے ہوئے کہا۔مجھے اُسے ایک دم پہچاننے میں کچھ وقت محسوس ہوئی۔اور پھر وہ خود ہی بول اُٹھا____ "ہائے جے کے ____ ہیلو مس شودا سانی____ کیسے ہیں آپ____؟"

پھر ہم ایک طرف ری سپشن کارنر میں صوفے پر بیٹھ گئے۔سینٹر میں لیکس جیوٹ کارپٹ پر شیشے کی ٹاپ والی گول میز پڑی تھی۔ایک کونے میں کافی پرکولیٹر شوگر کیوبز اور تین چار پیالے پڑے تھے۔دوسرے کونے میں ربر پلانٹ تھا۔سامنے دیوار پر ایلا انجولی منین کی پینٹنگ تھا اور پورے ریسپشن کارنر میں امجد علی خان کے ہمیر راگ کی سرودھُنیں تازہ ہوا کی طرح سہلا رہی تھیں۔پریش رائے نے بغیر پوچھے کافی بنائی اور پیالے،ملک پاؤڈر شوگر کیوبز ہمارے سامنے رکھ دیئے۔وہ خود بلیک کوفی پیتا تھا۔

"اسنیکس؟____ "اُس نے پوچھا۔

نو تھینکس____ ایک بزنس لنچ اپرائمنٹ ہے____ ہم نے کہا۔

پریش رائے نے بتایا کہ وہ ایک ملٹی میڈیا فیوژن فرم کے اشتراک سے IT,SA.INFORMATION TECHNOLGY SYSTEM ANALYSIS SERVICE چلا رہا ہے۔

"شاید اسی لئے تمہارے دفتر کی ہر چیز COMPUTER CONTROLLER ہے____ بلائنڈز سے لے کر تمہاری سکریٹری تک۔

وہ مسکرادیا۔

''ہمارے یہاں کام میں AUTOMATION ہے۔ کام کرنے والے نہیں۔ میں ERGONOMICS کا قائل ہوں۔ اُس نے کہا۔

''تمہارا مطلب ہے STATE OF THE _________ ARTTECHNOLOGY WITH TRNSCDENTAL MEDITATION

___ کل شام کیا پروگرام ہے۔ آپ کا؟ اگر فرصت ہو تو شام پانچ بجے تاج پیلس آیئے گا___ نندنی شودا سانینے کہا۔

کیا کوئی پارٹی دے رہی ہیں؟۔

''گھبرایئے نہیں کوئی فیشن شو نہیں ___ نندنی کا HIGH HEM AND LOW NECK اگر آپ دونوں مل جائیں تو فیشن کی دنیا میں انقلاب آجائے گا___ ''میں نے کہا۔

پریش رائے ہنس دیا___ نندنی نے کہا'' کسی دن اِس پر بھی بات ہو جائے گی۔''

پریش رائے بھی مصروف تھا۔ اور ہمیں بھی دیر ہو رہی تھی۔ ہم نے اجازت لی اور دفتر سے باہر آگئے۔ میٹنگ سے فارغ ہو کر ہم حوض خاص ولیج کے لئے روانہ ہوئے۔ راستے میں نندنی نے پوچھا۔

''یہ پریش رائے وہ تھا نا مسوری میں جس سے ہم ملے تھے۔

''کیوں؟''

''کچھ نہیں۔ ویسے ہی ___ ''اُس نے کہا___ اور وہ کسی سوچ میں پڑ گئی۔

تاج پیلیس میں، کسی سوامی کے آشرم کی جانب سے ایک شاندار سا گم تھا۔ سامنے دیوار پر، ادم نموشوائے، کی نیون لائٹ جل بجھ رہی تھی۔ ہال میں گیروے وستر، موذفیشن، اسھنک ___ پہناوے والے ہر عمر کے مرد عورتیں موجود تھیں۔ ویڈیو اسکرین پر کسی سنیاسی کی فلم دکھائی جا رہی

تھی۔ نرل جھرنے، چاروں طرف ہریالی۔ ونسپتی کے کھلے آنگن میں ٹہلتی اور نیویارک کے PSYCHEDELIC روشنیوں والے بالوں میں پروچن دیتی ____ سب کچھ اُجلا چمکتا آئینہ سا تھا جس میں اُس موہ لینے والی شخصیت کے مسحور کن عکس متحرک تھے۔ جب ویڈیو فلم ختم ہوئی تو پوڈیم کے پیچھے ایک چہرہ نمایاں ہوا۔ لمبے ہلکے سُرخ سنہرے بال۔ نیلی ساڑی میں ملبوس گلے میں رودراکش کی مالا۔ ایک چالیس بیالیس برس کی خوبصورت خاتون، وہ بتارہی تھیں۔ کچھ سال پہلے ایک ذاتی کرائسس کے باعث اُن کا نروس بریک ڈاؤن ہو گیا تھا۔ اُس کی زندگی پوری طرح SHATTER ہو چکی تھی۔ وہ ایک مینٹل رَیک تھی۔ اُس کی ازدواجی زندگی NIGHTMARE ثابت ہوئی۔ پھر وہ 'ما' کی شرن میں آئی۔

شانتی کی تلاش میں۔ اُسے شانتی مِل گئی۔ اُس کا نیا جنم ہوا ہے۔ ایک ناری کے روپ میں ایک کامیاب بزنس پرسن کے روپ میں۔

یہ خاتون کون ہیں؟ پریش رائے نے مجھ سے پوچھا۔

اروناملہوترہ۔ ANETREPRENEUR PAR EXCELENCE A GREAT CELEBRITY

''یہ وہی تو نہیں جنھوں نے مسوری میں ننندنی شوداسانی کے فیشن شو کا ____ افتتاح کیا تھا۔؟''

''یس ویری مچ۔'' میں نے کہا۔

''اوم نموشوائے۔'' پریش رائے نے آنکھیں بند کرتے ہوئے کہا۔

ہال کی سب روشنیاں بجھ گئی تھیں صرف پوڈیم پر ایک بلب ننھی سی قندیل کی مانند جل رہا تھا۔ اور پھر ہال 'اوم نموشوائے' کی دھونی سے گونجنے لگا۔ لوگ آنکھیں بند کر کے سر ہلا کر اوم نموشوائے کا جاپ کر رہے تھے کچھ دیر تک یہ عمل جاری رہا۔ روشنیاں پھر جگمگا اُٹھیں۔ سب کو 'ما' کا پرسادد یا گیا۔ اور ساتھ ہی چائے کوفی کا دور شروع ہوا۔ دیس بدیس سے کئی لوگ آئے ہوئے تھے ____

بزنس مین؟ فلم اسٹار ٹی وی میڈیا کے ستارے، جرنلسٹ، بیوروکریٹس، ڈاکٹر، انجینئر، سیاستدان، سائنس دان، نرتیہ، کلا، سنگیت، رنگ منچ کے لوگ ___ انٹلکچولز ___

کافی کے دوران نندنی شودا سانی نے پریش رائے سے پوچھا۔

''کیسے لگا؟''

''ٹھیک ہے ان لوگوں کو سکون کی کتنی ضرورت ہے! پلنگ کے پائے سونے کے ہی کیوں نہ ہوں۔ سرہانہ تو بہرصورت نرم ہی چاہیے۔'' اُس نے کہا۔

''آج زندگی کتنی فاسٹ ہوگئی ہے؟ کتنی ٹینشن بڑھ گئی ہے؟ ڈپریشن ___ چاروں طرف......'' نندنی کہہ رہی تھی۔

میں جب چار پانچ برس کا تھا۔ تو ماں کی انگلی پکڑ کر کبھی کبھی گاؤں کے پاس ایک ٹیلے پر بنے مندر میں جایا کرتا تھا۔ مندر کیا تھا۔ پیپل کے ایک درخت کے گرد مٹی گارے سے بنے ایک کچے چبوترے پر شولنگ روپی پتھر ستھاپت کردیا گیا تھا۔ اِرد گرد کے گاؤں کے لوگ وہاں آتے تھے۔ اور سب مل کر سنکیرتن کرتے تھے۔ اور جھوم جھوم کر گاتے تھے۔ اوم نمو شوائے۔ اور پھر اپنے اپنے کاموں میں مصروف ہوجاتے تھے۔ پریش رائے کہہ رہا تھا۔ ''وہی صدیوں پرانی زندگی، وہی صدیوں پُرانے وشواس۔''

''اب زمانہ بدل گیا ہے!'' نندنی شودا سانی کہا۔

''ہاں ___ زمانے واقعی بدل گیا ہے۔ ٹیلے پر بنا کچا چبوترا تاج پیلیس میں آگیا ہے۔ پیپل کا پیڑ ساگوان کا بنا پوڈیم بن گیا ہے۔ شولنگ کی جگہ ویڈیو اسکرین کے رنگین عکس نے لے لیا ہے ....زمانہ واقعی بدل گیا ہے۔'' پریش رائے نے کہا۔

''جب LIVINGSTYLE اور آرٹ کی نمائشیں، فیشن شو اور سوپر تھیٹر۔ اور سنگیت کی محفلیں، شادی کے منڈپ، پارٹیاں، بزنس کانفرنسیں، اور گرام سدھار کے سیمینار پانچ ستارہ ہوٹلوں میں ہوتے ہیں تو پھر بھجن کیرتن کیوں نہیں۔'' میں نے کہا۔

پریش رائے خاموش رہا۔کوفی پینے کے بعد تھوڑی دیر کے لئے وہ رُکا ___ ہمیں کسی دن گھر آنے کے لئے کہا۔اپنا پتہ دیا ___ اور چلا گیا۔

اِس کے بعد پریش رائے سے کئی دِنوں تک میری ملاقات نہیں ہوئی۔ایک دِن سوچا کیوں نہ اُس کے گھر اُس سے مِلا جائے ___ میں نے نندنی شوواسانی سے کہا ___ اُس نے کہا کہ اُسے بھی اُس سے کمپیوٹر گرافکس کے بارے میں کچھ بات چیت کرنی ہے ___ اور اگلے اتوار ہی وہ اُس کے گھر جا پہنچے بغیر اطلاع کے۔

پریش رائے گھر پر ہی تھا۔اُس نے دو چوکیاں سرکاتے ہوئے ہمیں بیٹھنے کے لئے کہا۔___ لیکن ہم اُس کے ساتھ یہی فرشتی بستر پر بیٹھ گئے۔اُس نے بستر پر پڑی ہوئی چیزیں ___ کتابیں ،رسالے،پین،مارکرز،کوی کا پیالہ،کیسٹس۔وغیرہ سمیٹ کر ایک طرف سرکا دیئے۔اور واکمن کو سرہانے کے قریب رکھ دیا۔تھوڑی دیر رسمی باتوں کے بعد وہ کوفی بنانے چلا گیا۔اُس کے کمرے میں کتابوں کے کئی شیلف تھے۔شیلفوں کے اُوپر،کتابوں کے بیچ۔دیواروں پر کئی طرح کے آرٹی فیکٹ اور منی ایچرز تھے۔سیاہ لکڑی کے نیگرو کارونگ۔ہڑپا کی کانسے کی بنی برہنہ نرتکی کی مورتی۔چینی ڈریگن والی ہینگنگ ___ بستر کی لوہے کی پتریوں کی بنی آفرنگ جس میں پرندے،جنگی جانور،کسان،شکاری،پیڑ پودے اور کی دیئے بنے ہوئے تھے۔گوتم بدھ کا ٹیرا کوٹا کا مجسمہ، مدھوبنی پینٹکس ___ بھگت سنگھ کی تصویر ___ سب کچھ بڑا بے جوڑ،ان میل سا لگتا تھا ___ بے ترتیبی سے بکھرا پڑا سا ___

پریش رائے کافی بنا کر لے آیا۔اپنے لئے وہ بلیک کافی لایا تھا۔

''آپ نے ڈیکوریشن کی اتنی ساری چیزیں جمع کر رکھی ہیں۔لیکن ترتیب سے رکھا نہیں نندنی شوواسانی نے کہا۔

''دراصل میں INTERIOR DECORATOR تو ہوں نہیں۔اور نہ ہی کوئی بڑا آرٹ کلکٹر یا آرٹ کا پارکھی ہوں ___ میں تو بس ___ فائنڈر رہوں۔جو چیز پسند آئی کسی نے

دے دی، سستے داموں میں مِل گئی۔ حاصل کرلی۔ کسی ایمپوریم سے تو کبھی کچھ خریدا نہیں۔ اور کو جہاں جگہ ملی اُس نے وہیں بسیرا کرلیا۔

''آخر کوئی نہ کوئی ڈیزائن، ترتیب، مناسبت اور میچنگ تو ہونی چاہئے ___ IT IS ALL CHAOS''نندنی نے کہا۔

''آپ صحیح فرماتی ہیں۔ میں نے دو چار بار انہیں رنگ، سائز، بناوٹ، مقام، زمانے، تقسیم کے مطابق رکھنے کی کوشش کی۔ لیکن اِنہوں نے پرزور پروٹسٹ کیا۔ ہم کھلونے نہیں ___''

پرلیش رائے تھوڑ دیر خاموش رہا ___ پھر بولا ___

''اِن کا ظاہر الگ الگ ہے۔ لیکن اِن میں کہیں نہ کہیں کوئی روحانی رشتہ ضرور ہے۔ آپ نے کبھی اِنہیں آپس میں باتیں کرتے سُنا ہے۔ اگر تم بدھ بھگت سنگھ سے موت اور نجات کے مسئلے پر بات کرنا چاہے تو میں اِنہیں کیسے روک سکتا ہوں ___ کیسے الگ کرسکتا ہوں ___''پرلیش رائے نے بڑی سنجیدگی سے کہا۔ جسے وہ جامد ساکت بے جان چیزوں کے بارے میں نہیں جیتے جاگتے لوگوں کے بارے میں بات کررہا ہے۔ تھوڑی دیر کیلئے بات چیت کا سلسلہ منقطع ہوگیا۔ کمرے میں گراموفون پر ریکارڈ ابھی تک چل رہا تھا۔ بہت مدھم مدھم مدھر مدھر سروں میں کنجن بن چھانڈی ہے ___ کہاں جاؤں مادھو......جو میں ہوتی جل کی مچھلی......

''یہ کس کی آواز ہے؟''میں نے پوچھا۔

''دلیپ کمار رائے کی۔''

''بڑی مدھر آواز ہے؟ بھگتی رس میں ڈوبی ہوئی۔''نندی نے کہا۔

ہم نے یہ نام نہیں سنا تھا اور نہ یہ آواز پہلے کبھی سنی تھی۔ شاید کوئی بہت پُرانا ریکارڈ تھا۔

اِتفاق سے کچھ برس پہلے ان سے میری ملاقات چنڈی گڑھ میں ہوگئی۔ ایک گیسٹ ہاؤس میں سفید ریش، سفید جٹائیں ___ آنکھوں پر موٹے شیشوں کا چشمہ، ہاتھ میں بید کی چھڑی ___ چہرے پر وہی جلال۔ وہ ہمارے کمرے کے سامنے سے کئی بار گزرے ___ میرے من میں

خواہش ہوئی کہ ان سے ملاقات کروں۔ پھر ایک دن میں نے ان سے پوچھ ہی لیا۔ وہ دلیپ کمار رائے ہی تھے۔ پریش رائے نے ایک تصویر دکھائی جس میں وہ دلیپ رائے' ایک خاتون اور پریش کا کوئی دوست تھا۔

لیکن ان سے کوئی بات چیت نہیں ہوئی۔ وہ بالکل خاموش بیٹھے رہے۔ بار بار میرا من اُٹھتا۔ کہ ان ہونٹوں کو ہلتے ہوئے' بولتے ہوئے' سنوں۔ لیکن ــــــ پریش رائے کچھ اُداس سا ہو گیا۔ جب بھی ان کا ریکارڈ بجاتا ہوں تو اُن کا وہی جادو ــــــ جس میں ہر ٹھوس چیز پگھل کر سیال ہو جاتی ہے۔ اور آدمی اس میں جذب ہو جاتا ہے۔

پریش رائے کسی سے مخاطب نہیں تھا۔ اپنے آپ سے بھی نہیں۔ بس وہ اس آواز کی ترنگوں پر تیر رہا تھا۔ ہم حیرت سے اس کے چہرے کی طرف دیکھ رہے تھے۔ اور جب یہ طلسم ٹوٹا تو اس نے ہماری طرف دیکھا۔

اچانک ہماری نظر فرشی بستر کے ساتھ لگی دیوار پر لگی تصویر پر پڑ گئی۔

''یہ کس کی تصویر ہے؟'' ہم نے پوچھا۔

''میری ایک دوست ہیں انجنا بسواس۔ ہم سینٹ اسٹیفن کالج میں اکٹھے پڑھتے تھے۔ حالانکہ اس کا سبجیکٹ سائنس تھا اور میرا سوشیالوجی ــــــ ایک دن پتہ چلا کہ وہ اپنے دو ساتھیوں کے ساتھ کہیں چلی گئی ہے۔ بعد میں معلوم ہوا کہ وہ کسی نکسلائٹ گروہ میں شامل ہو گئی ہے۔ اور آندھرا پردیش' بہار اور مدھیہ پردیش میں سرگرم عمل ہے۔ مجھے کچھ حیرت ضرور ہوئی کہ وہ لڑکی کو پرندوں کے اسپتال میں زخمی پرندوں کی مرہم پٹی کرتی تھی کیسے ــــــــــــــــــــ POWER FLOWS FROM THE BARREL OF GUN پر عمل کرتی ہوگی۔ وہ جو اتنے دھیمے سے بات کرتی تھی کہ کئی بار صرف ہونٹ ہلتے نظر آتے تھے آواز سنائی نہیں دیتی تھی کیسے بارود کی بو اور شور میں سانس لیتی ہوگی۔ دو تین برس تک اس کی کوئی خبر نہیں ملی۔ کچھ عرصے بعد اس کا ایک ساتھی واپس آ گیا ــــــ اس سے پتہ چلا کہ اس کا قتل ہو گیا ہے۔ لیکن اسے

بھی معلوم نہیں تھا کہ قتل کس نے کیا؟ بس اتنا معلوم ہوا کہ اس کی اپنے گروہ کے ساتھیوں سے بڑی گرما گرم بحثیں ہوتی تھیں ۔ اور پھر پولیس بھی اس کے تعاقب میں تھی ۔ENCOUNTER بھی ہوسکتا ہے۔اصلی یا جعلی۔جس علاقے میں وہ کام کرتی تھی اس میں سے بھی کوئی ہوسکتا ہے۔بس یہی پتہ چلا کہ اس کی لاش گاؤں کے پاس ایک جنگل میں ملی ۔ پولیس نے لاش کو لاوارث قرار دے کر جلا دیا۔کبھی کبھی سوچتا ہوں یہ سب کچھ کیسے' کیوں ہوگیا؟ کرم کا فلسفہ' آزمائش' DESTINYیاSUFFERING کچھ سمجھ نہیں آتا۔

دلیپ کمار رائے کی آواز کب کی رک چکی تھی۔لیکن ریکارڈ اب بھی گردش میں تھا۔باہر بادل اُمڈ آئے تھے۔کمرے میں اندھیرا سا چھا رہا تھا۔ہوا میں ہلکی سی خنکی تھی۔تھوڑی دیر میں بوندا باندی شروع ہوگئی۔پریش رائے کھڑکی کے پاس کھڑے ہوکر باہر دیکھنے لگا۔وہ کچھ لمحے یونہی کھڑا رہا۔ بادلوں کو گہراتے برستے دیکھتا رہا۔پھر اس نے اپنے دونوں ہاتھ کھڑکی سے باہر نکالے اور اوک میں بارش کی بوندیں جمع کیں اور پھر پانی بھری ہتھیلیوں سے اپنے چہرے کو نم کرلیا۔وہ کھڑکی سے واپس آیا۔اس کے چہرے پر عجیب سی سرریلسٹ کیفیت تھی۔وہ تھوڑی دیر یونہی بے حس وحرکت کھڑا رہا۔اور پھر اچانک بولا____ ''اگر آپ اجازت دیں تو تھوری دیر بارش میں بھیگ لوں۔ ''اور بازو پھیلا کر ناچنے گانے کے سے انداز میں ٹریس میں ادھر اُدھر تھرکنے لگا۔نہ جانے کیوں میری آنکھوں کے سامنے ناچتے گاتے چیتنیہ مہاپربھو کی ایک تصویر گھومنے لگی۔تھوڑی دیر بعد وہ واپس آگیا۔وہ پوری طرح بھیگ چکا تھا۔

معلوم نہیں بارش کا پانی جسم کے مساموں میں داخل کرکہاں گم ہوجاتا ہے۔اس نے کہا اور کپڑے بدلنے اندر چلا گیا۔تھوڑی دیر بعد وہ واپس آگیا۔اس کا چہرہ بہت کھلا کھلا سا تھا۔بہت تازہ تازہ سا نظر آرہا تھا۔جیسے ابھی ابھی اس کا جنم ہوا ہو۔

بچپن میں جب موسم کی پہلی بارش ہوتی تھی تو ہم گھروں سے نکل کر گلیوں میں نکل آتے تھے۔ ناچتے تھے۔گاتے تھے۔برس گئی رام بدریا کاری۔اب جب موسم کی پہلی بارش ہوتی ہے میں

جہاں بھی ہوں۔ جس حال میں بھی ہوں۔ بارش میں ضرور نہاتا ہوں۔ ماں کہا کرتی تھی۔ جب رتو کی پہلی برکھا ہوتی ہے۔ جب ہوا میں سوگندھ اُڑنے لگتی ہے۔ جب مٹی کا رنگ بدلنے لگتا ہے۔ جب پنکھ پنکھیروں کی اُڑان میں گتی آجاتی ہے تو سمجھو کہ موسم بدل رہا ہے ـــــ

کمرے میں یادوں کی موہوم سی دھند چھا رہی تھی۔ باہر بادل بہت گھرے اُمڑ آئی تھے۔ پریش رائے نے کیسیٹ پلیئر ـــــ میں ایک کیسیٹ لگا دیا۔ آن کیا۔ اور سرہانے پڑی وائلن اُٹھائی اور بجانے لگا۔ طبلے کی آواز گونجنے لگی۔ یہ ذاکر حسین صاحب کا طبلا وادن ہے۔ میں ان کے ساتھ وائیلن پر سنگت کرتا ہوں۔ مجھے محسوس ہوا کہ سب کے ذہنوں میں پرانی یادیں، گھرے بادل، مٹی کے بھورے رنگ، آدھی رات کو کھلے بیلا کی خوشبو اور پتوں کا نازک لمس، کچے بیروں کی کھٹی مٹھی لذت، پرندوں کے پروں کی پھڑ پھڑاہٹ۔ ذاکر حسین صاحب کے طبلے کی دھڑکتی تھاپ اور پریش رائے کے وائیلن کی سریلی دُھنیں...... سرشٹی کے نازک اسرار ریشم سے دھیرے دھیرے کھل رہے تھے۔ کمرے کے گرد ایک جادوئی جال بنتا چلا جا رہا تھا۔ اچانک طبلے کی آواز بند ہوگئی۔ شاید کیسیٹ پورا چل چکا تھا۔ کتنا سے بیت گیا۔ یا شاید سے ٹھہر گیا تھا۔ پریش رائے نے وائیلن سرہانے رکھ دی۔ کمرے میں سناٹا سا چھا گیا۔ باہر بارش لگاتار ہو رہی تھی۔ ماحول میں ہلکی سی دھند سی چھا گئی تھی۔ باتوں کا سلسلہ ٹوٹ چکا تھا۔ جیسے ہی بارش تھمی ہم نے پریش رائے سے اجازت لی۔ وہ ہمیں نیچے چھوڑنے آیا۔

ہلکی ہلکی بوندا باندی، پھر شروع ہوگئی تھی۔ کار کے شیشوں پر پانی کی بوندیں روشنی میں موتیوں سی چمک رہی تھیں۔ وائپر کام نہیں کر رہا تھا۔ میری ساری توجہ بھیگی ہوئی سڑکوں پر کار ساودھانی سے چلانے پر مرکوز تھی ـــــ اور نندی ان سب سے بے خبر کھڑکی کے شیشوں پر انگلیوں سے ساز بجاتی کچھ گنگنا رہی تھی۔

"کیا گنگنایا جا رہا ہے ـــــ" میں نے اس سے پوچھا۔

"کچھ نہیں ـــــ بس یونہی ـــــ"

''پھر بھی!''

''میں جب نو دس برس کی تھی تو بڑی اماں کو گنگناتے ہوئے سنا کرتی تھی۔بس وہی یاد آرہا ہے۔''

''کیا؟''

''بڑی اماں گایا کرتی تھی۔کچھ زیادہ یاد تو نہیں۔بس تھوڑا سا یاد رہ گیا ہے۔''

الفی پہن الکھ جگاواں

اپنے پیانوں ڈھونڈ لیاواں

میں تے کر کے جوگن والا ویس ہادیا۔

میری دکھاں والی جنڈری دیکھ ہادیا۔

نندی یہ کہہ کر خاموش ہوگئی۔راستے بھر بوندیں پڑتی رہیں۔راستے بھر وہ خاموش رہی۔ بس ایک جھٹکے کے ساتھ رک گئی تھی۔میری یادوں کا سلسلہ ٹوٹ گیا۔ہمیں یہیں اُترنا تھا بس سے اتر کر سڑک پار کر کے میں اور پریش رائے ایک پگڈنڈی پر چل پڑے۔پگڈنڈی کے دونوں طرف چھوٹے چھوٹے کھیت تھے۔جنہیں جنگل کاٹ کر بویا گیا تھا۔تھوڑی دیر میں ہم گاؤں پہونچ گئے اور ایک مکان کے سامنے آکر ہم رک گئے۔ایک چبوترہ نما برآمدے میں ایک وئید جی روگیوں کو دیکھ رہے تھے۔اس مکان میں دو چھوٹے چھوٹے کمرے تھے۔اینٹوں کا فرش تھا۔تازہ پلستر کی ہوئی دیواریں تھیں۔اور کھپریل کی چھت تھی۔پریش رائے نے وئید جی کی چرن وندنا کی اور ایک کمرے میں چلا گیا جہاں ایک ڈاکٹر مریضوں کو دیکھ رہا تھا۔دوسرے کمرے میں ایک لیڈی ڈاکٹر مریضوں کی جانچ کر رہی تھی۔میں باہر وئید جی کے پاس بیٹھ گیا____ سفید گاڑھے کی دھوتی' لال رنگ کا کرتا____ کچھ دنوں کی بڑھی ہوئی داڑھی۔سیاہ بال گردن تک بڑھے ہوئے____ وہ روگیوں سے گھر پریوار کی باتیں بھی کرتے جاتے اور دوا کی پڑیاں بھی باندھتے جاتے۔کبھی گیت

،بھی شبد ،بھی دوہے ،بھی بھجن بھی سناتے جاتے۔ اتنے میں پریش رائے دوسرے کمرے سے ہوکر آگیا۔ اور باہر جمع لوگوں سے باتیں کرنے لگا۔ تھوڑی دیر میں وہ ہمارے پاس آگیا ___ بولا ___ ''پہلے بھوجن کرلیں' پھر اگلا پروگرام طے کرتے ہیں ___ '' مریضوں سے فارغ ہوکر ہم سب بھوجن کرنے لگے۔ چاول بھات چٹنی ___ پریش رائے نے بتایا کہ یہ ڈاکٹر میاں بیوی ہیں ___ اور شہر میں ان کا بہت بڑا پولی کلینک اور نرسنگ ہوم ہے۔ اس کے پرانے دوست ہیں۔ اور مہینے میں ایک بار آتے ہیں۔ ساتھ میں دوائیں' روزمرہ کی ضرورت کی چیزیں۔ بچوں کے لئے کھلونے' ٹافیاں' کپڑے' کاپیاں' کتابیں تصویریں لاتے ہیں ___

پریش رائے ایک کونے میں پڑے ہوئے باکس سے چیزیں نکال کر دکھانے لگا۔

''لیکن یہ سب کچھ آپ کیسے MANAGE کرلیتے ہیں؟'' میں نے پوچھا۔

''ہمارے اپارٹ منٹس کی ایسوسی ایشن یہ سب کام کرتی ہے۔ سب کچھ اکٹھا ہو جاتا ہے اور پتہ بھی نہیں چلتا ___ بچے اس میں بڑی دلچسپی لیتے ہیں ___ سال میں ایک بار ان بچوں کو یہاں لے آتے ہیں اور یہاں کے بچوں کو شہر میں۔''

پھر اِدھر اُدھر کی باتیں ہوتی رہیں ___ سیاست سے لے کر سنیما تک ___ تھوڑی دیر آرام کرنے کے بعد پریش رائے نے کہا ___ کہ وہ کچھ دیر کے لئے کہیں جا رہا ہے۔ سورج ڈوبنے سے پہلے ہی لوٹ آئے گا ___ میں نے کہا ___ ''میں بھی تمہارے ساتھ چلتا ہوں۔''

چلتے چلتے ہم گاؤں سے باہر نکل آئے۔ اور پھر ایک جنگل میں داخل ہو گئے ___ اب کوئی راستہ نہیں تھا۔ کوئی پگڈنڈی نہیں تھی۔ ہم درختوں کے بیچ راستہ بنتے ایک پہاڑی نالے کے ساتھ ساتھ چل رہے تھے۔ پریش رائے بتاتا جاتا تھا کہ یہ کون سا پیڑ پودا ہے۔ ڈھاک' پیپل' بانس' املی' مہوا۔ بڑ۔ تھوڑی دور جاکر وہ رک گیا۔ ایک پیڑ کے گرد پیلا دھاگہ بندھا ہوا تھا۔ اس نے اپنا جھولا اس پیڑ کی ٹہنی پر لٹکا دیا۔ اور دھرتی پر پڑے زرد سوکھے پتے صاف کرنے لگا۔ اس نے اپنے جھولے سے ایک بڑی سی موم بتی نکالی۔ اور صاف کی ہوئی زمین پر ایک پتھر کے ساتھ بارے رکھ

دی۔ اور پھر جنگلی سفید گلاب کا پھول جلتی ہوئی موم بتی کیس اتھ رکھ دیا۔ میں نے پریش رائے کی طرف سوالیہ نشان سے دیکھا۔

''یہ وہ بھوی ہے جہاں انجنا بسواس کی لاش ملی تھی۔'' اس نے کہا۔

تھوڑی دیر وہ آنکھیں موندے گھٹنوں بیٹھا رہا۔ سینے پر کراس کا نشان بنایا___ اور پھر جھولا اُٹھا چپ چاپ واپس چل پڑا۔ نہ جانے میرے ذہن میں یہ سوال کیسے آیا___ میں نے پریش رائے سے پوچھا___ کیا تمہیں ایشور پر وشواس ہے؟.....اور کس ایشور پر......؟

وہ میرا سوال سمجھ گیا اس نے میرے سوال کا سیدھا جواب نہیں دیا۔

''روشنی کی لو، مٹی کے رنگ اور پھول کی خوشبو___ ان سے باہر، ان سے پرے، ان سے اوپر کوئی ایشور ہے کیا؟۔''

ہم دونوں خاموش گاؤں کی جانب چل دیئے۔

پھر باتوں باتوں میں نہ جانے نندنی شودا سانی کا ذکر کیسے آگیا۔

بڑی مدت سے اس سے ملاقات نہیں ہوئی۔ میں نے کہا___ ''ایک دوبار میں حوض خاص ولیج میں اس کی بوتیک پر بھی گیا۔ لیکن وہ نہیں ملی۔''

پریش رائے نے کوئی جواب نہیں دیا۔

''معلوم نہیں آج کل کہاں ہے وہ؟ میں نے پھر کہا۔''

''سنا ہے کوئی کتاب لکھ رہی ہے'' ___ وہ بولا۔

''کیا ان دنوں تمہاری اس سے ملاقات ہوئی ہے؟''

''کافی عرصہ پہلے___ ایک بار ایک فارن وزیٹر کے ساتھ اس کے بوتیک پر گیا تھا۔ پریش رائے نے کہا۔ لیکن اس نے یہ نہیں بتایا کہ اس سے اس کی ملاقات ہوئی کہ نہیں۔

پریش___ ایک بات پوچھوں___ میں نے کہا___ ''نندنی سے تمہارا کیا رشتہ ہے؟''

اس نے میری طرف غور سے دیکھا اور بڑے زور سے ہنسا۔

''یہی سمجھنے کے لئے تو وہ کتاب لکھ رہی ہے ___ اُس نے کہا۔

اور پھر سارے راستے کوئی بات نہیں ہوئی۔ تھوڑی دیر میں ہم گاؤں واپس پہونچ گئے۔

گاؤں میں عورتیں اور پُرش ایک چھوٹے سے میدان میں اکٹھے ہو رہے تھے۔ پُرشوں نے اپنے سروں پر لال' پیلے اور سفید رنگ کی پگڑیاں باندھ رکھی تھیں۔ ان میں رنگا رنگ پنکھ لگا رکھے تھے۔ گلے اور بازؤں پر تعویز بندھے تھے۔ کچھ عورتیں پیتل کی پتلی چادر کی ٹوپیاں مہنگے موتیوں کے کمربند' کوڑیوں اور مونگوں کا مالائیں۔ کانسے پیتل اور گلٹ کے گہنے پہنے ہوئے تھیں۔ ان کے جسم پر گودنے بنے تھے۔ ان کے کانسہ رنگ جسم کا شاید ہی کوئی انگ ایسا تھا جس پر کوئی نشان نہیں تھا۔ گالوں' پنڈلیوں کلائیوں' چھاتیوں پر' نابھی کے گرد' پیٹھ' کندھوں' ایڑیوں اور پنجوں پر ___ پھول' پتیاں' دائرے' تکون' بندوں ___ اور پھر بڑے بڑے ڈھولوں پر تھاپ پڑی۔ کچھ تر ہی بجا رہے تھے' کچھ سینگ' کچھ شنکھ۔ کچھ بانسری۔ پُرش اور عورتیں گھیرا ڈال کر ناچ رہے تھے۔ مجھے ان کے بول سمجھ نہیں آرہے تھے۔ میں نے پریش رائے سے پوچھا کہ وہ کیا گا رہے ہیں، اس نے کہا ___ اسے بھی کچھ زیادہ معلوم نہیں۔ لیکن تھوڑا بہت سمجھ لیتا ہے ___ شاید وہ کہہ رہے ہیں۔

''میرا یہ چھوٹا سا گاؤں اتنا پیارا/اتنا سندر/جیسا کہ چندر ما/میں اپنے گاؤں میں خوش ہوں/اس میں میرا گھر ہے/میرے گاؤں میں پیڑ پودے اور خوشیاں پلتی ہیں/دیوی ماں/ان سب خوشیوں' ان سب پھو پھولوں کی خوشبو ہر گھر کے آنگن میں' ہر گاؤں میں پھیلا دو ___''

ڈھولوں کی آواز پہاڑیوں سے ٹکرا کر پورے گاؤں شہ میں گونج رہی تھی۔ عورتیں پُرشوں کے گھیرے کے بیچ سے ناگ کی طرح بل کھاتی نکل رہی تھیں۔ نرتیہ کی گتی تیز ہو رہی تھی۔ ان کے گیتوں کی آواز بلند ہوتی جا رہی تھی۔ نرتیہ کی گتی' ڈھولوں کی آواز' گیتوں کی گونج ___ کھر درے ننگے کالے میلے پاؤں کے نیچے اُڑتی اُداس دھول ___ یہ کیسی دھندلی دنیا تھی۔ اور پھر دھیرے دھیرے سب کچھ شانت ہو گیا۔ شام کے سائے بڑھنے لگے ___ سورج دیوتا پہاڑیوں کے پیچھے

است ہونے لگا ـــــ اندھیرا ہونے سے پہلے ہم سڑک پر پہونچ جانا چاہتے تھے۔ گاؤں میں دیئے یا لالٹین کے سوا کوئی روشنی نہیں تھی۔ میں ڈاکٹر میاں بیوی سے ساتھ ان کی موبائیل میڈیکل وین میں واپس ریلوے اسٹیشن پہونچ گیا۔ اور رات کی گاڑی سے دلی کے لئے روانہ ہو گیا۔ پریش رائے وہیں رک گیا تھا ـــــ

پریش رائے سے یہ میری آخری ملاقات تھی۔

اس بات کو کئی برس بیت گئے۔ میں ایک ملٹی نیشنل کمپنی کے ایشیا ریجن کا ایگزیکیٹو ڈائرکٹر بن کر اسٹیٹس میں سیٹل ہو گیا ہوں۔ انڈیا ـــــ صرف ایک بار ہی جاسکا ہوں۔ ماں کی موت پر۔ بس ۔نہ پریش رائے سے ہی ملاقات ہوئی اور نہ ہی نندنی شودا سانی سے ہی مل سکا۔ ایک دن میں ایک بک اسٹور میں کتابیں دیکھ رہا تھا کہ میری نظر ایک کتاب پر پڑی۔ کتاب کا نام کچھ عجیب سا تھا۔ جیسا کہ آج کل کی انگریزی کتابوں کا ہوتا ہے۔

کتاب کا نام تھا۔ SIDDARTHA AND THE CULTURE OF DRESS DESIGNING

میں نے کتاب کو اِدھر اُدھر سے پلٹ کر دیکھا۔ میری نگاہ کتاب کے انتساب پر پڑ گئی۔

''سدھارتھ کی یاد میں''

اور اس کے نیچے ایک کوٹیشن درج تھی۔

''سدھارتھ جب گھر سے نکلتے ہیں، تو گوتم بن کر لوٹتے ہیں۔'' (امر جیت کور)۔

اور وہاں۔ اس کتاب کے لکھنے والے کا نام تو میں بتانا بھول ہی گیا۔ یعنی نندنی شودا سانی لیکن سدھارتھ؟؟؟

☆☆

کنور سین

گلیڈی ایٹر

چتا بھڑ بھڑاتی رہی۔

کومیلا اُسے دیکھتے ہوئے پتہ نہیں کیا سوچنے لگی۔

رات کو اور بھی گھنا ہوتے دیکھ کر بولی۔

لوگ کب کے لوٹ گئے، تم بھی جاؤ۔ مجھے پتہ نہیں کب تک رکنا پڑے۔

وہ دور تک ہو آئی۔

یہ کہتا تھا چتا ٹھنڈی ہونے تک پاس بیٹھی رہنا۔

کومیلا رات کی آتما میں جھانکنے کے لئے بے چین ہو اٹھی۔

عجیب آدمی تھا۔ میرا اس کا ملاپ بھی عجیب ڈھنگ سے ہوا۔ میں جانتی تھی۔ شاید یہ بھی جانتا تھا۔ اس کی آخری خواہش اور بھی عجیب تھی۔

تم بتاؤ اس کی راکھ کو ذرہ ذرہ بکھیر دینے سے سمسیا حل ہو جائے گی؟

شمشان ـــــ کالا م بھجنگ شمشان ہُنکار اٹھا۔

کومیلا کی پرچھائیں جیسی کایا کو دیکھتے ہوئے میں سننے لگا۔ اس میں بیٹھا کوئی عجیب ڈیزائن بننے لگا:

جب میں نے اِسے پہلی بار دیکھا یہ شمشان سے زیادہ بھیانک لگتا تھا۔

چٹکتی چنگاریاں شعلوں کا روپ دھارنے لگیں۔

کومیلا بولتی چلی گئی۔

یہ پریشان رہتا ـــــ لوگ جانے کس سمے اور کون سے ستھان کی بات کرتے ہیں؟

زندگی کی گہما گہمی میں بھی یہ اکثر چونک اٹھتا:

مجھے سب یاد ہے۔ کچھ بھی دُھندلا نہیں پڑا۔

کورو کشیتر کی بات جانے دو۔

اس مہا یدھ میں میرے ساتھ عجیب بات ہوئی۔

میں وہاں جانا نہیں چاہتا تھا۔ میں تو اپنی تجربہ گاہ میں قدرت کے ساتھ جوجھ رہا تھا۔ اس کے سینے میں جھانکنے کی کوشش کر رہا تھا۔ پہاڑ، پاتال اور سمندر کا بھید جاننے میں لگا تھا۔ آکاش میری نظروں کو بھانپ رہا تھا اور تبھی ...... میرے کانوں میں رن بھیری گونجنے لگی۔ میں اپنے کو بھول گیا۔ نہ چاہتے ہوئے بھی اٹھ کھڑا ہوا۔

یہ پچھتانے لگتا۔

تم وشواس کرو۔ میں کسی یدھ میں اپنی مرضی سے نہیں گیا۔ کوئی دوسرا مجھے کھینچ لے گیا۔

یہ بوکھلا جاتا۔

تم نہیں جانتیں کہ آدمی بیٹھے بیٹھے کیا سے کیا ہو جاتا ہے۔

یہ اپنی کہانی کی طرف لوٹ آتا:

میرے پاس شکتی تھی۔ برسوں کی تپسیا سے پراپت کی ہوئی شکتی۔ کچھ بھی کر سکنے کی شکتی۔ اچھا ہوا اس یُگ کی نیتی کرشن طے کر رہا تھا ورنہ......

مجھے یدھ بھومی میں اترتے دیکھ کرشن اداس ہو گیا۔ وہ مجھے جانتا تھا۔ میری شکتی کو پہچانتا تھا۔ اسے پتہ تھا کہ میں اُس کا ساتھ دوں گا جو ہار رہا ہوگا۔ کوروں کی ہار نشچت تھی۔ لیکن میں اُن کے ساتھ ہو جاتا تو......

کرشن پانڈووں سے زیادہ سرِشٹی کے پورن وناش سے ڈر گیا۔

جس دِن میں کورکشیتر پہنچا اسی شام وہ سادھو کے بھیس میں میرے پاس آیا۔ اس نے بھکشا میں میرا سر مانگ لیا۔

''لیکن میں یدھ دیکھنا چاہتا ہوں۔ اس میں حصہ لینا......'' میں تلملایا۔

''تم یدھ دیکھو گے۔ اس میں حصہ نہیں لو گے۔'' کرشن کی مسکان نردئی تھی۔ اُس نے میری منڈی کاٹ کر درخت سے لٹکا دی تھی۔

کتھا سنانے کے بعد یہ سٹ پٹانے لگتا۔

سوال یہ نہیں کہ میں نے یدھ میں حصہ نہیں لیا۔ سوال اور ہے......

کومیلا نے ایک بار پھر کالے شمشان کی لہو میں ڈوبی جیبھ کو دھیان سے دیکھا: یہ پتہ نہیں مجھے کیا کچھ بتاتا رہتا۔ اتنا کچھ یاد رکھنا آسان نہیں۔ پھر بھی مجھے یاد ہے ___ قصہ وسطی دور میں وسط ایشیا کا ___

یہ تڑپ اٹھتا:

میں نے سدا ایک ہی نظارہ دیکھا ___ تلوار سان پر، تیر کمان پر ___ گھوڑے کی ہنہناہٹ اور ہاتھی کی چنگھاڑ۔

لشکر ہمیشہ کوچ کرتا رہا۔

اُن دنوں بڑا اندھیرا تھا۔ سب کچھ لٹ چکا تھا۔ تہذیب و تمدن کی پرچھائیں تک باقی نہ رہی تھی۔ میرے ہاتھ میں تھی بیل کی راس اور کندھے پر کدال۔ پانو کے نیچے پتھریلی دھرتی۔

میں دن رات بھومی کی بنجر کوکھ کو اپجاؤ بنانے میں لگا رہتا۔ امید کی ہریالی پھوٹے گی اور میرا مقدر جاگ اٹھے گا۔ اس سے پہلے پتہ نہیں میں نے کہاں کہاں کی خاک چھانی۔ آدمی دانہ پانی کی تلاش میں جانور اور پرندے سے بھی زیادہ لمبا سفر طے کرتا ہے۔

اس سے پہلے کہ میں بھومی کو مسکراتے دیکھوں ایک دن میرے کان کھڑے ہو گئے۔

دور نقارے پر چوٹ پڑنے لگی۔ میرے دل کی دھڑکن جیسی آواز۔

میں سچ کہتا ہوں میں نہیں چاہتا تھا لیکن میں نے کدال زمین پر رکھ دی۔ بیل کی راس ہاتھ سے چھوڑ دی۔ بیل کی آنکھیں بھر آئیں۔ وہ رمبھانے لگا۔ لیٹی ہوئی کدال اٹھ کھڑی ہوئی۔ اس کا دستہ

میرے دائیں ہاتھ کو چومنے لگا۔ بھومی آہیں بھرنے لگی۔ کدال، بیل اور بھومی سے موہ کے ہوتے ہوئے بھی نقارے کی آواز کی طرف کھنچتا چلا گیا۔

وسط ایشیا کا میدان جس پر اندھا گیگ گدھ کے پروں کی طرح چھایا ہوا تھا۔ ڈھول اور شور۔ تلوار کی کڑکڑاہٹ، تیر کی سنسناہٹ۔

کوئی تھا جو مجھے نقارے پر چوٹ لگا کر کھینچ لے گیا۔ وہ کون تھا میں نہیں جانتا وہ بول رہا تھا۔: لشکر کوچ کرے گا۔ تلوار اور ڈھال ہمارا نشان ہے اور نشانہ...... ریگستان کے پرے سرے پر پہاڑی کے اس پار کی ہریالی ہماری منتظر ہے۔ وہاں اناج، پانی دولت ہے اور عورت بھی۔

لوٹ کا مال بانٹنے کا ترازو ہر ایک کی اپنی ڈھال۔ ڈھال بھر اناج، سونا، عورت جو بھی...... تلوار میدان سے باہر رہے۔ سروں کو کاٹتی، لو چاٹتی......

مجھے یاد ہے ایک بار میں لشکر سے بچھڑ گیا۔ بھٹک کر جنگل میں پہنچ گیا۔ عجیب نظارہ تھا۔ جنگل میں جھاڑی کے نیچے سانپ اور نیولا چین سے بیٹھے مسکرا رہے تھے۔

تھوڑی دیر میں دوسرے درندے آنے لگے۔ چھانو میں بیٹھ کر ایک دوسرے کو سہلانے لگے۔ نہ بھیڑ بھیڑیے کو دیکھ کر سہمی نہ بھیڑیا بھیڑ کو دیکھ کر غرایا۔ سچ کہتا ہوں چوہا شیر کی پیٹھ پر بیٹھ کر آیا۔ میں جھاڑی کی جانب بڑھا کہ اسکا پتہ توڑوں۔ اُسے چبا کر اپنے بکھرے وجود کو جوڑوں۔ لیکن یہ میری قسمت میں نہ تھا۔ دیکھتے ہی دیکھتے سب غائب ہو گیا۔ نہ جھاڑی رہی نہ درندے۔

اس دن سے میں جھاڑی کی تلاش میں لگ گیا۔

کومیلا رکی۔ وہ چتا کی آنچ ناپنے لگی۔

یہ کم نہیں ہوئی!

میں نے کہا نا تم جاؤ۔ مجھے پتہ نہیں کب تک یہاں بیٹھنا پڑے۔

مجھے جوں کا توں بیٹھا دیکھ کر وہ پھر اس کی کہانی سنانے لگی۔

یہ سچ کہتا تھا۔

میں بھی جھوٹ نہیں بولتی۔

اس کا اور میرا ملاپ بڑا عجیب تھا۔

یدھ چل رہا تھا۔ بستی آگ میں گھری ہوئی تھی۔

یہ دھوئیں کو پار کر کے اور آگے کو چیر کر ہمارے گھر میں آ دھمکا۔ اسے دیکھ کر گھر کے لوگ لرز اٹھے۔ میں مسکراتی رہی۔

میری ماں، باپ اور بھائی کی بتیا کر کے یہ میری طرف بڑھا۔ میں نے مسکرانا بند نہیں کیا۔

اس نے سنگین کی نوک میری چھاتی پر رکھ دی۔ میں پھر بھی مسکراتی رہی۔

دوسرے ہی پل اس کی آنکھوں کی سرخی پگھلنے لگی۔ جبڑے ڈھیلے پڑنے لگے ہاتھ بھی......

بندوق ایک طرف پھینک کر یہ میری طرف لپکا____ ''جھاڑی۔ میری جھاڑی''!

اس نے مجھے باہوں میں بھر لیا۔

صبح ہوئی تو اس نے دیکھا یہ میری گود میں سر رکھ کر لیٹا ہوا ہے۔ میں اس کے بالوں میں انگلیاں پھیر رہی ہوں۔ میری چھاتیوں پر اس کے ہونٹوں کے نشان ہیں اور میرے ہونٹوں پر ان کی مٹھاس۔ رات بھر شہد جو چوستا رہا۔

اس دن اس نے مجھے پہلی بار بتایا۔

مجھے شروع سے دنگل اور نقارے کی آواز کھینچتی رہی۔ میں نے کبھی اُدھر جانے کی نہیں سوچی۔ پتہ نہیں کون مجھے اس طرف کا رخ کرنے کو اُکسانے لگتا۔ دُھند بن کر مجھ پر چھانے لگتا۔ میں نہ چاہتا تھا لیکن میں رُک نہ پاتا۔

یہ میری طرف دیکھ کر ہمک اٹھا:

میری آنکھوں میں جمی وحشت دیکھ کر ہر کسی کا کلیجہ دہل اٹھتا۔ لیکن تم......!

تم کون ہو؟ تم کون ہو؟___ یہ پوچھتا رہا۔ میں مسکراتی رہی۔ اپنی دانست میں اس کے اندھیرے من میں جوت جلاتی رہی___ اسے قدرت کا نیا روپ دکھاتی رہی۔

اب فوج لٹیروں کا بے ہنگم ٹولا نہ تھی۔

اب اس کا قانون تھا اور قاعدہ تھا۔

ہر فوج کی اپنی رجمنٹ تھی۔اُس کا نشانہ تھا۔سرکار کی دی ہوئی وردی تھی اور تھی سرکار کی طرف سے مقرر تنخواہ۔کوئی فوج میں بھرتی ہوسکتا تھا اُسے اپنی مرضی سے چھوڑ نہیں سکتا تھا۔بھگوڑے پر مقدمہ چلایا جاتا اور وہ سخت سزا پاتا۔

اس نے پروا نہیں کی۔یہ میرے ساتھ بھاگ نکلا۔ندی نالوں کو پار کر کے اس نگری میں آ پہنچا۔

دوسرے سال ہمارے لڑکا پیدا ہوا۔یہ خوشی سے ناچ اٹھا۔

اسے تلوار سے بچائیں گے۔بگل کی آواز سے دور لے جائیں گے۔

لیکن دوسرے ہی پل یہ اُداس ہو گیا۔

سوال نقارے یا بگل کا نہیں۔سوال اور ہے۔

یہ اپنے سر کو جھٹکنے لگا جیسے چاروں دشاؤں کی چھان پھٹک کرنے لگا۔

میری سمجھ میں کچھ نہیں آتا۔میں نے کبھی نہیں چاہا۔پھر بھی میں...... میں کس کو دوش دوں؟

کومیلا نے ایک بار پھر چتا کی آگ کی طرف ہاتھ بڑھایا:

اس کی آنچ کم نہیں ہوئی۔

خیر!

ایک دن یہ کام سے لوٹا تو گھبرایا ہوا تھا:

مجھے لگتا ہے جھاڑی سوکھنے لگی۔

اس کی بات سُن کر میں چکرا گئی۔میں نے اس کی آنکھوں میں دیکھا۔ان میں سرخی ابھرنے لگی تھی۔

یہ چیخ اٹھا۔

میرے کانوں میں پھر نقارہ گونجنے لگا۔

لشکر کے کوچ کرنے کی آواز آنے لگی۔

لگتا ہے مجھے تلوار بلانے لگی۔

میں کیا کروں؟

کچے گوشت کا ذائقہ اور گرم لہو کا سواد میرا پیچھا نہیں چھوڑتا۔ شاید یہ میرا وہم ہے کوئی اور وجہ بھی تو......

یہ اپنے بچے کی طرف اداس نظروں سے دیکھنے لگا۔

اُس دن میں مسکرا نہ سکی۔

اس دن سے اس کی حالت خراب ہونے لگی۔ رات دن کراہتا رہتا۔ چیختا چنگھاڑتا رہتا۔ کونے میں پڑی بندوق کی طرف ہاتھ بڑھاتا اور آنے والے یدھ کی خبر سناتا۔

ایک دن یہ مٹھیاں بھینچے اور دانت کٹکٹانے لگا۔

مجھے بتاؤ آج کل گلیڈی ایٹر کا تماشا ہوتا ہے یا نہیں؟

میں حیرت سے اسے تکنے لگی تو یہ ہنس پڑا۔

میں جھوٹ نہیں کہتا۔ گلیڈی ایٹر کا کرم میں نے اپنی مرضی سے نہیں نبھایا۔ وہ تو میں پکڑا گیا اور سدھایا گیا۔ لیکن سوال میرے پکڑے جانے یا سدھائے جانے کا ہی نہیں، سوال اور بھی ہے۔

یہ اپنے کو کھوجتے گلیڈی ایٹر کی کہانی سنانے لگا:

پرانی بات ہے۔ یونانی غلاموں کی تجارت کرتے۔ کئی ایک گلیڈی ایٹر اکھاڑے چلاتے، جوان، تندرست اور توانا غلام خرید کر لاتے۔ انہیں خوب پالتے۔ فولاد میں ڈھالتے۔ داؤ پیچ بتاتے، چھری چلانا سکھاتے۔

پٹھے تیار ہو جاتے تو شہر میں منادی کرائی جاتی۔ بادشاہ ملکہ اور امیروں کبیروں تک خاص دوت کے ہاتھوں خبر بھجوائی جاتی۔ تماشے پر ٹکٹ لگایا جاتا۔ لوگ اکھاڑے کے گرد بیٹھ جاتے تو غلاموں کی جوڑی چھوڑی جاتی۔ دونوں کے ہاتھوں میں خنجر۔ دونوں ایک دوسرے پر پل پڑنے کو تیار۔

یہاں پہنچ کر یہ لمبی سانس لیتا۔

میں قسم کھاتا ہوں بات میری سمجھ میں نہیں آئی۔ وہ کبھی نہ چاہتے لیکن نہ ٹلتے۔

اکھاڑہ خون سے لال ہو جاتا۔ غلام ایک دوسرے کی تکا بوٹی اڑاتے۔ تماشائیوں کا دل بہلاتے۔ اکثر وہ گوشت کے ٹکڑے امیر زادیوں کے ہاتھوں میں تھماتے۔ شہزادیاں اور ملکہ گوشت کے ٹکڑوں کو دباتی رہتیں، مسکراتی رہتیں۔

آخر ایک غلام دوسرے کو گرا کر اس کی چھاتی پر چڑھ بیٹھتا اور اپنا خنجر اُس کے دل پر رکھ دیتا۔ اس وقت بادشاہ اپنی جگہ سے اٹھتا۔ اکھاڑے میں آتا۔ نیچے پڑے غلام کے سینے میں خنجر کو آہستہ آہستہ اُترتے ہوئے دیکھتا اور خوشی سے تالیاں بجاتا۔ غلام کا تڑپنا اُسے بہت بھاتا۔

کہانی سناتے سناتے یہ چیخ اٹھتا۔

مجھے اکھاڑے میں لے چلو۔ مجھے اکھاڑے میں لے چلو۔

کومیلا نے چِتا کی جانب دیکھ کر آہ بھری:

اس کے پاگل پن کو بڑھتے دیکھ کر میں نے ترکیب سوچی۔ میں اسے مرغوں، مینڈھوں اور سانڈوں کی لڑائی دکھانے لے جانے لگی۔ اس کے کچے گوشت کی بھوک اور گرم لہو کی پیاس بجھانے کا اور کوئی طریقہ نہ تھا۔

یہ بڑے شوق سے دیکھتا رہتا۔

اکھاڑے کے کنارے بیٹھا قہقہے لگاتا۔ سیٹی بجاتا۔ لہولہان جانوروں کو دیکھ کر خوشی سے پھولا نہ سماتا۔ لیکن گھر آتے ہی اُداس ہو جاتا۔

کل یہ بہت اُداس تھا۔

اس نے اکھاڑے میں جانے سے انکار کر دیا۔

جانوروں کے خون سے طبیعت اکتانے لگی۔ مجھے پُرانی بو پھر بلانے لگی۔

شام ہوتے ہوتے یہ کلبلانے لگا۔ ایک ہی رٹ لگانے لگا۔

سچ بتاؤ داتا ورن میں بارود کی بُو ہے یا نہیں؟

میں نے کوئی جواب نہ دیا۔

یہ اور بھی اداس ہو گیا۔

آج فیصلہ ہو جائے۔

یا میں یا مجھ میں چھپا......

یہ چونک پڑا۔

تمہیں ملٹری بینڈ کی دھن سنائی نہیں دیتی؟

وہ مجھے بلا رہے ہیں۔

مجھے بھی پیٹ اور پیٹھ پر بم باندھنے ہیں۔

مجھے جانے دو۔ مجھے جانے دو۔ اپنا کرم نبھانے دو۔

اس کی حالت دیکھ کر بلبلائی۔

تم نے مجھے گلیڈی ایٹر کی دُکھ بھری کتھا سنائی۔ اب تم......

میری بات سن کر یہ کانپ اٹھا۔

تم ٹھیک کہتی ہو۔ میں نے فیصلہ کر لیا۔

وعدہ کرو چتا ٹھنڈی ہونے تک اُس کے پاس بیٹھی رہو گی......

صبح ہونے سے ذرا پہلے یہ دھیرے دھیرے کونے کی جانب چلنے لگا، وہاں پڑی اپنی بندوق پر نظریں جمائے۔

مین نے اسے نہیں روکا۔

میں پلنگ پر سوتے اپنے بیٹے کو دیکھتی رہی۔ کومیلا چونک اٹھی۔

بولنا چھوڑ کر وہ تیسری بار چتا کی آنچ ناپنے لگی۔

یہ کم نہیں ہوئی۔ یہ بالکل کم نہیں ہوئی۔

☆☆